LITERARIA

Vicente Alfonso • M.B. Brozon • Iris García Cuevas • Rogelio Guedea
Susana Iglesias • Jaime Mesa • Antonio Ramos Revillas • Daniela Tarazona
Nadia Villafuerte • Juan Pablo Villalobos

ANTOLOGÍA DE
AVE BARRERA

Ruta 70. Recuerdos del aula

Primera edición, 2017

Coedición:
Selector, S.A. de C.V.
Secretaría de Cultura
Dirección General de Publicaciones

© De los cuentos: © Vicente Alfonso Rodríguez Aguirre, "El síndrome de Esquilo", © Mónica Beltrán Brozon, "Sólo una broma", © Iris García Cuevas, "Dos maneras de viajar a Egipto", © Rogelio Guedea Noriega, "Cola de iguana", © Susana María del Carmen García Iglesias, "Starman", © Jaime Francisco Mesa Castelán, "Una tarde, una dama", © Antonio Jesús Ramos Revillas, "El puesto", © Daniela Tarazona Velutini, "Pie de piña", © Nadia Berenice Villafuerte Vázquez "Se llama Sonora", y © Juan Pablo Villalobos Alva, "Provincia".

© De antología y prólogo: Ave Barrera García

Diseño de portada: Éramos Tantos

D.R. © 2017, Selector, S.A. de C.V.
Doctor Erazo 120, Col. Doctores,
C.P. 06720, Ciudad de México

D.R. © 2017, de la presente edición
Secretaría de Cultura
Dirección General de Publicaciones
Avenida Paseo de la Reforma 175,
Col. Cuauhtémoc, C.P. 06500,
Ciudad de México
www.cultura.gob.mx

ISBN: 978-607-453-517-4, Selector
ISBN: 978-607- 745-690- 2, Secretaría de Cultura

Impreso en México / *Printed in Mexico*

ÍNDICE

NO LO LEAS

prólogo | Ave Barrera

RUTA
70

Ave Barrera nació en el ochenta,
es como la hermanita menor de los
escritores antologados aquí y se siente
muy orgullosa de ellos. Estudió en la
Secundaria Técnica 107 de Guadalajara,
se sabía de memoria todos los diálogos
del Rey León y su colección de casettes
grabados del radio era una verdadera joya.

A MÍ SIEMPRE ME HA DADO flojera leer los prólogos de los libros, en parte porque suelen estar llenos de *spoilers*, en parte porque pueden ser francamente aburridos y en parte también porque soy desesperada y lo que quiero es entrarle al libro a la de ya, ¡lo compré para leer lo que dice el autor!, no para ver lo que otro fulano dice sobre él. En fin, si ése es tu caso, no leas estas páginas, sáltatelas y ve directo a los cuentos, empieza por el que tú quieras, por eso están en orden alfabético, para que seas tú quien escoja. Te sugiero que, si empiezas uno y no te atrapa, saltes a otro. Son tan diversos, que de seguro vas a encontrar el tuyo, ese cuento que parece que lo escribieron porque te saben algo, y sólo podrás descubrirlo sobre la marcha. Si de plano no quieres leer nunca este prólogo, no hay problema, lo que importa es que disfrutes la lectura de estos cuentos como quien conduce por una carretera desconocida en su primer vocho, así que… *¡bon voyage!*

Ahora que, si de verdad quieres leer este prólogo, si quieres saber más acerca de este conjunto de autores, de por qué están reunidos aquí y por qué rayos se nos ocurrió hacer esta antología, entonces sí, quédate a leer.

❀ ❀ ❀

Bueno, ya que decidiste seguir, te contaré: la idea de esta antología pudo haber surgido en una fiesta, con algunos de los autores aquí presentes (y que conste que dije "pudo"), ya entrada la noche, cuando unos empiezan a ponerse necios, sólo quedan unas cuantas cervezas en el refri y alguien se adueña de la lista de reproducción para poner su selección de éxitos ochenteros y noventeros.

Ahí, al son de "Kumbala", de Maldita Vecindad, mientras unos cantan a coro y otros recuerdan a su ex y le mandan un mensaje del que se arrepentirán al día siguiente, alguien se habrá puesto a pensar en lo valiosas que son las anécdotas que vivimos en *ese tiempo*… ¿Cuál? Los años en que íbamos a la escuela, entre la salida de la primaria y la entrada a la universidad, el periodo en que abandonamos la infancia para someternos a ese extraño estado amorfo, alienígena y loco en el que las cosas se sienten más, en el que tenemos la claridad para darnos cuenta de todo, pero nos falta el callo para soportar lo pinche de la realidad; la etapa en que estamos más expuestos, vulnerables, completamente abiertos a las sensaciones, a la belleza y al peligro; el momento en que nos cae el veinte de que la vida nos pertenece y hay que empezar a tomar verdaderas decisiones.

¿Qué pasaría si diez escritores nacidos en la década de los setenta escribieran acerca de sus años escolares? ¿Qué historias contarían? ¿Cómo sería su versión de esa época? ¿Sus historias serán muy distintas a las tuyas o tendrán muchas cosas en común? ¿Contarán secretos escabrosos, anécdotas divertidas y relatos apasionantes? Y más importante aún: ¿cómo era ser adolescente en los años ochenta y noventa, cuando el mundo funcionaba de manera análoga ¡y no teníamos internet!?

Narrar los avatares de la adolescencia es un tema recurrente en la literatura, hasta hay una palabrota en alemán para designar a las novelas de ese tipo, las llaman *bildungsroman*, o sea, novela de formación o de aprendizaje. Tal vez ya leíste *El guardián entre el centeno*, de J. D. Salinger o *Demian*, de Herman Hesse, que son grandes novelas de iniciación donde el protagonista —un adolescente loco, inadaptado y con muchas dudas, como tú comprenderás— narra los sucesos que lo van transformando en sentido físico, psicológico y social, hasta adquirir cierta experiencia de vida y cierta madurez. En México existen muy buenos exponentes de este género; quizá la obra más conocida sea *Las batallas en el desierto*, de José Emilio Pacheco, aunque también están *Materia dispuesta*, de Juan Villoro y *Un hilito de sangre*, de Eusebio Ruvalcaba, entre muchas otras.

A diferencia de las novelas, los cuentos de iniciación, como los aquí reunidos, narran únicamente la anécdota precisa, el instante en que se forma la grieta que cambiará para siempre la vida del personaje, su mundo y su manera de entender la realidad. Y tal parece que en México existe un arraigado gusto por el tema. En 1985, la SEP publicó una antología de cuentos llamada *Del aula y sus muros*, con puras vacas sagradas de la literatura latinoamericana, como Vargas Llosa y César Vallejo. En 1995, Sélector publicó la antología *Atrapados en la escuela* con autores nacidos en los años sesenta y tuvo un éxito rotundo. Autores como José Agustín y Paco Ignacio Taibo II ahora son institución, aunque el índice parecía barbería para caballeros. Sin embargo, cuatro años más tarde vino la revancha con *Atrapadas en la escuela* (Sélector, 1999), libro en el que grandes escritoras como Ana García Bergua, Beatriz Espejo,

María Luisa Puga y Mónica Lavín publicaron cuentos extraordinarios sobre la adolescencia.

Al igual que las antologías anteriores, los autores de *Ruta 70* tienen una muy buena trayectoria literaria, son bastante reconocidos y van derechito a consagrarse como grandes escritores. Lo curioso de este conjunto de autores es que tanto ellos como su obra son muy diversos. No hay dos historias de las aquí reunidas que se parezcan siquiera un poco. Los personajes son dispares, los conflictos que enfrentan son completamente diferentes, el mundo que los rodea es absolutamente distinto en cada cuento, aun cuando todos se sitúan en un entorno mexicano. De hecho, además haber nacido en México, en la década de los setenta, lo único que estos diez autores tienen en común es su extraordinario dominio del oficio. Todos ellos escriben con garra, con una voz honesta y un profundo conocimiento de cómo se debe contar una buena historia.

Es muy común que la evocación del pasado nos produzca un efecto nostálgico, un dejo de tristeza o añoranza semejantes a la luz de una fotografía vieja. Sin embargo, en ninguno de estos cuentos prevalece la idea de que el tiempo pasado fue mejor. Al contrario, en algunos hay una suerte de rabia contra ese tiempo arcaico y contra la saña con que pudo habernos marcado, y en el mejor de los casos se siente un respiro de alivio por haber dejado atrás lo primitivo de esa era, sus ideas retrógradas, su falta de sensibilidad, sus torpezas. Al leer estos cuentos tendrás oportunidad de asomarte a ese tiempo en que estaba de moda peinarse el copete con brillantina y grabar en casettes vírgenes los grandes éxitos de la radio, para descubrir por ti mismo las semejanzas y las diferencias. Tampoco creas que sólo hay rabia y desencanto, claro que no. También encontrarás cosas chistosas, entretenidas y delirantes de ese pasado no tan lejano. Estos cuentos evocan, con la medida justa de nostalgia, los espacios que habitamos en la infancia, los viejos salones de las escuelas, las calles de provincia, los sabores del *pie* de piña, la torta de cafetería o el mango con chile, los juegos, las modas, el *soundtrack* que sonaba en aquel momento.

Por supuesto que son historias tremebundas y electrizantes: la adolescencia nos atropella con su tráiler de emociones desbordadas sin importar la era que sea. Sin embargo, estas diez visiones distintas de la realidad dan muy buen testimonio de una cuadrilla de escritores que vivieron en la frontera entre la prehistoria tecnológica y la actualidad; y tal parece que, aunque fueron muy felices respondiendo chismógrafos y rentando películas en el Videocentro, prefieren tener wifi, actualizar su muro de Facebook y gastar las horas de ocio viendo series o películas en Netflix. Vivir el paso de lo análogo a lo digital les dio a todos estos autores una visión muy particular de la vida; como quien dice, tienen un pie de un lado y otro pie del otro, y tal vez sea por eso, además de la calidad de su prosa y la intensidad de sus historias, que su literatura nos llega a todos y nos cala bien hondo.

Octubre de 2017

EL SÍNDROME
DE ESQUILO

Vicente Alfonso

Para Saúl Rosales

Ya percibo, si no me engaño,
al heraldo que llega desde
el ejército y nos trae un
nuevo mensaje: corre desolado y parece
romperse los pies en su carrera.

ESQUILO
Los siete contra Tebas

A FIN DE CUENTAS RICARDO tenía razón, pero ¿quién iba a creer esa historia? Muchas veces traté de convencerlo de que aquello que él contaba como cierto no podía serlo, pero me fue imposible esmerilar argumentos lógicos ante la tenacidad con que asumió su entrenamiento.

—Cuarenta y dos kilómetros son cualquier cosa. Son cuarenta y dos centímetros, como cuarenta y dos segundos —sentenciaba.

La obsesión de Ricardo Lozano Rangel por terminar en primer lugar el maratón no era una idea pasajera, de las que brotan de pronto sin que sepamos por qué y que instantes después se aplastan bajo el peso del sentido común. Su proyecto nació cuando éramos universitarios. Ambos estudiábamos en la

Facultad de Ciencias Políticas. Aunque decir estudiábamos es faltar un poco a la verdad, porque en esa época los libros nos parecían elementos de tortura que los maestros utilizaban para dominar a los alumnos más allá de los sesenta minutos que duraba la clase; y cualquier texto era un artificio que debíamos evitar mientras fuera posible.

Cargábamos el desparpajo de la juventud, pero Ricardo ostentaba además un aire de melancolía que lo seguía a todos lados como perro pastor. Era el único atisbo en su conducta que auguraba aquello que muchos tomamos como una crisis de personalidad y que para él trazaría la ruta definitiva contra una derrota arcaica.

Una materia del tercer semestre marcó nuestro destino: Historia de la Literatura. El titular era Saúl Rosales, un auténtico zahorí de las veredas literarias. No recuerdo si Rosales había ingresado ya a la Academia Mexicana de la Lengua, el caso es que desde entonces nos descubría, sobre la mesa de disecciones, las entrañas de la *Ilíada* y la *Odisea*, los poemas perfectos de Sor Juana, los cuentos sin tachas de Efrén Hernández, los estallidos lúgubres de César Vallejo.

A las dos semanas de iniciado el curso, Ricardo y yo nos plantamos ante el profesor con la patraña de que trabajábamos como tramoyistas en una compañía teatral y debíamos presentarnos antes del mediodía a preparar el equipo para las funciones.

—Véalo de este modo: usted y nosotros luchamos a favor del arte, nada más que desde diferente trinchera, profe —remató Ricardo cínicamente mientras salíamos del salón.

Fue una excusa perfecta para no asistir a muchas clases y perder el tiempo en El Último Trago, un billar cercano. El local tenía un ambiente sombrío, de cárcel sin puertas, con la peculiaridad de que los internos permanecíamos allí por voluntad propia. Desde la barra, el encargado ahogaba a los clientes en las canciones de José Alfredo Jiménez y servía cerveza fría para acompañar.

—Nadie como José Alfredo para comprender las tristezas que traigo dentro —decía Ricardo mientras castigaba al cubo de tiza contra el extremo del taco—. De todos modos, hoy nada más nos tomamos dos.

—Pero caguamas —aclaraba yo, acostumbrado a aquella rutina de partidos de billar.

—Una caguama es como dos y media de las normales, así que no es tanto. Lo que pasa es que el tamaño de la botella se impone. Es una ilusión óptica —se justificaba Ricardo, mientras planeaba su próximo tiro con precisión de ingeniero.

Al final del semestre, con cruel dureza el destino se ensañó contra nosotros: para pasar la materia, Rosales nos exigió un análisis completo de las obras de Esquilo.

—Para ustedes va a ser muy fácil, pues literalmente manejan los elementos del teatro —concluyó con anfibológica expresión.

Entramos a la biblioteca de la Facultad. Estaba casi vacía: pocos libros y aún menos usuarios. La bibliotecaria dormitaba con la cabeza apoyada entre las manos y los codos sobre la mesa. Le pedimos ayuda. Caminó algunos pasos y regresó con un polvoriento ejemplar de *Las siete tragedias* que tenía las páginas amarillentas. Nos entregó el libro y después volvió a sumergirse en la abulia.

El añejo volumen era una edición de Porrúa de 1964 que contenía un estudio introductorio del padre Ángel Ma. Garibay. En la primera página, con la tinta paciente de las viejas ediciones, esperaba a los lectores una dedicatoria que más bien parecía una burla: *A la juventud de México.*

Como ninguno de los dos tenía credencial de la biblioteca, resultó más sencillo robar el libro que pedirlo en préstamo.

—Después de todo somos jóvenes, y si nos lo dedicaron, es nuestro —resolvió Ricardo.

Esa tarde abrí el libro, salté por encima del estudio de Garibay y leí las ciento cincuenta y tres páginas de Esquilo con el único interés de condensarlas en un raquítico análisis de dos pliegos y medio. Ricardo, en cambio, seleccionó al azar algunos párrafos del prólogo, los transcribió tecleando una desvencijada Olivetti hasta que llenó dieciséis cuartillas, redactó una hoja de presentación y selló el plagio con una grapa antes de entregarlo en su mejor interpretación de un alumno responsable.

—Hubiera sido mejor que me entregaras tres renglones escritos por ti y no las dieciséis cuartillas que le copiaste al padre Garibay —sentenció Rosales en la siguiente sesión—. Pero no te preocupes: vas a leer a Esquilo el próximo semestre, cuando recurses mi materia.

Tal vez con intención de revisar el botín logrado en la única visita que habíamos hecho a una biblioteca, o quizá empujado por el tedio, Ricardo comenzó a leer *Las siete tragedias* durante las vacaciones de verano. Bastó una breve inmersión en el "Prometeo encadenado" para que se diera cuenta de que la profundidad en la obra de Esquilo nace de que los personajes luchan contra un futuro inevitable, como en las canciones de José Alfredo que impregnaban hasta el resquicio más pequeño de El Último Trago.

Fue en aquella época cuando Ricardo se convenció de que él era la reencarnación de Esquilo y decidió que debía resolver un conflicto originado muchas generaciones atrás: ganar un maratón. Sólo así sofocaría sus debates internos.

Entonces lo veíamos recorriendo bibliotecas, recolectando con paciencia de anticuario los datos más insignificantes sobre la vida del actor y dramaturgo griego. Se identificaba con el padre del drama: los héroes creados por Esquilo, en vez de ser personajes tridimensionales, son objeto de conflictos desencadenados por generaciones pasadas. El personaje principal siempre debe tomar decisiones que implican dolor y aquello que elige desencadena la historia: otra similitud entre Esquilo y José Alfredo.

Ricardo se envolvió sin darse cuenta en la constelación de historias de la literatura griega. Pronto pasó de analfabeta funcional a lector voraz. Con la misma afición con la que golpeábamos las esferas coloridas sobre el paño verde, Ricardo comenzó a hablar de las carambolas y el golpeteo de bandas que resulta la existencia.

—Los humanos somos bolas de billar que se estrellan y rebotan en las consecuencias de sus propias acciones, empujados por el tiempo hacia un destino inexorable —comentó un día ante la mesa.

—A este güey ya no le sirvas —le pedí al encargado de la barra.

Lo único que sobrevivía a aquellas tardes de cervezas y billar era la convicción de Ricardo de ser Esquilo reencarnado.

Comenzó a entrenar para el maratón. A cada zancada, Ricardo forzaba su organismo a mantener el ritmo que le imponía un corredor imaginario unos metros más adelante. Abofeteado por el sol, sentía los pies ampollados y los músculos empezaban a protestar, amenazando con la suspensión total de labores. Pero detenerse un centímetro antes o llegar un segundo tarde, después de veinticinco siglos, era imposible e impensable. No hubiera podido resignarse y alcanzar la meta trotando, como queriendo no llegar. Nueve días antes del maratón, me pidió que midiera el tiempo que tardaba en recorrer los cuarenta y dos kilómetros. El reloj y Ricardo descansaron a las dos horas con treinta y ocho minutos. Decidió no competir.

—Dionisio Cerón marcaba dos horas con catorce. Habría llegado más de veinte minutos antes que yo —se reprochó, para después aconsejarse en voz alta—. Para correr hay que tener paciencia. Será el próximo año.

La postergación de aquella cita para participar en el maratón se volvió un ritual que cumplíamos anualmente, entre la agonía de febrero y el bullicio de los pájaros en marzo.

Aun cuando nuestros viajes al billar eran cada vez menos frecuentes, jamás pudimos abandonar definitivamente ese santuario del ocio consagrado a José Alfredo. Incluso ahora, en los días en que la nostalgia me barniza los recuerdos de aquella época universitaria, haciéndolos tal vez más felices de lo que en realidad fueron, he inmolado algunas horas de oficina en El Último Trago bebiendo una cerveza en memoria de nuestra temporada de estudiantes. En memoria de Ricardo.

Para titularse, Ricardo presentó la tesis: *Sobre la frustración como factor decisivo en la obra de Esquilo.* Proponía que el dramaturgo griego había muerto decepcionado a pesar de ser reconocido en su tiempo. Se aventuró a fraguar una explicación: en el año 490 a.C., durante las guerras Persas, Esquilo peleó en la batalla de Maratón. Al final de la contienda, el escritor y otro soldado recibieron la orden de correr sin descanso hasta la ciudad de Atenas a llevar noticias de la batalla. Esquilo no lo logró. Eso le nubló el ánimo durante el resto de su vida, a pesar de que ganó trece veces el festival anual de drama de Atenas.

Algunos sábados a mediodía, Ricardo pasaba por mí a la oficina y visitábamos al profesor Rosales. Entonces, con unas caguamas de por medio, entablábamos conversaciones literarias que comenzaban analizando las ediciones más recientes de autores latinoamericanos, hasta que orbitábamos a Esquilo y su obra, y caíamos atraídos por la gravedad del tema.

Según la historia, el dramaturgo griego murió cuando lo golpeó en la cabeza un caparazón de tortuga que dejó caer un águila que volaba sobre él. Por esta razón, Ricardo había heredado de Esquilo, además de la afición al trote, el miedo a las tortugas. Rosales y yo opinábamos que estos hechos eran una leyenda gestada por los griegos para reprocharle su lentitud al dramaturgo más allá de las fronteras de la muerte. De todos modos, Ricardo desconfiaba de esos lerdos animales que cargan su casa para todos lados.

La difícil mañana del primer lunes de marzo de mil novecientos noventa y nueve, el periódico me cimbró con un titular imposible: RICARDO LOZANO: GANADOR DEL XIII MARATÓN DE LA LAGUNA. A pesar de su locura, o gracias a ella, Ricardo había logrado su propósito. Vinieron las felicitaciones, los abrazos, el reconocimiento público.

Ricardo no volvió a correr y nunca más habló de Esquilo, ni citó alguna de sus obras. Casi siempre estaba de buen humor, pero jamás perdió el miedo a las tortugas. En octubre de ese año, Rosales publicó *Memoria del plomo*: siempre he tenido la impresión de que el último de los relatos del volumen era un testimonio indirecto de la tenacidad de Ricardo. "Nadie regresa" es un cuento en donde los antiguos griegos acceden a las polvorientas entrañas de Torreón, esta ciudad reseca del norte de México.

Años después, me llamaron a la oficina para darme la noticia del funeral de Ricardo. Había muerto unas horas antes, a la salida de El Último Trago, cuando un asaltante lo golpeó en la cabeza con una botella de caguama para robarle la cartera.

SÓLO
UNA BROMA

M. B. Brozon

RUTA 70

M.B. Brozon *estudió en el Colegio de Montaignac y guardaba sus apuntes en una Trapper Keeper. Amaba la música de Supertramp, Journey y Pat Benatar. Un día su BFF y ella quisieron peinarse como Madonna usando una mezcla de clara de huevo y azúcar y en la fiesta las persiguieron las moscas en lugar de los chicos.*

Mateo salió del probador de la tienda y dio una vuelta frente a su mamá y su hermana. Las dos expresaron con vehemencia su entusiasmo. "Qué guapo te ves de esmoquin". "Parece que vas a recibir un Oscar". "Es como si te lo hubieran hecho a la medida". Mateo se sonrojó al ver que varias personas se volvían para verlo; con un gesto les pidió a sus parientes que bajaran la voz; pero al mirar de nuevo el espejo se dio cuenta de que en todo tenían razón.

En ese momento su imagen mostraba una sombra de barba y el pelo revuelto, pero sin esos detalles se pudo imaginar perfectamente cruzando el salón donde, en unos días, al fin, tendría lugar la graduación de preparatoria. Había sido elegido para decir unas palabras a nombre de toda su generación. Era el segundo mejor promedio, pero el primero tenía pánico escénico y no se animó a dar un discurso ante mil doscientas personas. Mateo no sabía si Sofía podría estar junto a él cuando le tocara hablar, como algunas esposas de los presidentes. No le habían dicho nada al respecto, pero desde luego, si eso fuera posible, ella añadiría mucho brillo a ese momento. Sofía no estaba en la lista de los mejores promedios, pero sí en la de las más guapas no sólo de la generación, sino de toda la preparatoria.

Mateo sonrió y dejó escapar un suspiro que no hacía juego con la sonrisa y que correspondía a la nostalgia que en los días recientes ya lo había atacado varias veces. Estaba a punto de dejar atrás una de las temporadas más placenteras de su vida, en todos los sentidos. En la preparatoria había hecho a sus mejores amigos, a quienes seguramente conservaría siempre. A Alan y a Sebastián los conoció desde la secundaria. Jorge entró a la escuela en el bachillerato, pero se integró fácilmente al trío que ya existía. Juntos conformaron el grupo más popular de la generación. Buenos estudiantes en mayor o menor grado, bien parecidos, deportistas, exitosos con las chicas. De buenas familias, a menudo salían fotografiados en los suplementos de sociales de los diarios. Mateo sobre todo, porque participaba tanto en el equipo de esgrima de la prepa como en el de su club, de modo que solía asistir a eventos y a menudo era el favorito de los fotógrafos. Aun medio barbón y despeinado, Mateo reconoció la certeza de lo que había dicho la mamá de Sofía cuando celebraron sus primeros seis meses de novios: "Eres todo lo que cualquier madre querría para su hija". Así era. Así había sido siempre. Mateo, como sus amigos, se consideraba de esos seres que tenían todo lo que deseaban porque así lo merecían. Porque, sí, el que su papá tuviera una posición privilegiada en la escalera social había sido de ayuda, pero su esfuerzo también contaba.

—Tal vez habría que subir un par de centímetros el dobladillo —una voz lo sacó de sus pensamientos. El hombre que los atendía se agachó a medir lo que era necesario, mientras Mateo se tomaba una *selfie* para mandársela a su novia.

❀ ❀ ❀

A José Ignacio no le importaba el atuendo. Le daba igual si tenía que llevar esmoquin, frac, o cualquiera de esas variantes que ni siquiera era capaz de distinguir. Él solamente quería que todo terminara. Una última noche y no tendría que volver a ver a ninguna de esas personas. Ese pensamiento lo llenaba de paz; era una sensación que llevaba tantos años sin experimentar que apenas la reconocía.

Había estudiado en esa escuela desde la primaria. Recordaba con nostalgia aquellos tiempos en los que tenía más de un amigo y las cosas le preocupaban menos. No, tal vez no menos, pero sus inquietudes no le quitaban el sueño como empezó a ocurrir con el paso de los años.

Sí, siempre lo supo y también supo que sería un problema. Por eso se le declaró a Sandrita en tercero de primaria. Ella le dijo que sí y su fugaz romance duró lo que normalmente duran a esa edad, es decir, quién sabe. Intercambiaron algunos papelitos decorados con corazones y luego ya no fueron novios, por alguna razón indeterminada y sin importancia en los recuerdos de Sandrita, pero que José Ignacio siempre tuvo clara: a él, en realidad, le gustaba Charlie. Sandrita no lo supo, claro, ni Charlie ni nadie, y José Ignacio intentó ignorar ese gusto. Prefirió pensar que los suspiros que le brotaban sin darse cuenta cuando lo miraba, o el nerviosismo que experimentaba ante su cercanía, se debían más a alguna especie de admiración amistosa. Quiso ser amigo de Charlie, pero no fue correspondido. Le siguió suspirando de lejos y en silencio hasta que Charlie se cambió de escuela un año después.

Rolando, Héctor y el profe Bernardo, que daba Química, fueron algunos de sus amores platónicos. Nunca se atrevió a decir nada. Ya suficiente era tener que lidiar con los modos que para él resultaban tan propios de su naturaleza y para otros tan inadecuados o incluso repulsivos.

"No te pares así."

"Camina sin contonearte."

"A ver, esa manita enderézamela."

Quisieron enseñarlo a usar una voz más grave. A jugar con coches y soldados. A dejar de escuchar los discos de sus musicales favoritos. A no andar peinando a las primas, aunque a ellas les gustara y los peinados le quedaran tan bien.

José Ignacio preguntaba, pero nunca le daban razones para nada. Era *porque no está bien. Porque los hombres no lloran con las películas románticas.* Pero, ¿por qué no? *Porque no. Porque pareces marica.*

¿Cómo podía acusar a quienes lo molestaban en la escuela si su propia familia también lo hacía, y por las mismas razones?

Y, sí, intentó ocultarlo. Aprendió a caminar distinto y a bailar menos. A jugar con grúas y dinosaurios. A no quedarse viendo a ninguno de los de One Direction, pero sí, de vez en cuando, a Justin Bieber. Claro que nunca intentó negárselo a sí mismo. Sabía que estaba fingiendo, pero continuó porque así, aunque la vida no fuera muy feliz, sí era más sencilla.

—¿Ya encontraste un lugar? —gritó su mamá desde la habitación contigua—. ¡Tenemos el tiempo encima!

José Ignacio abandonó el asunto en el que estaba para sustituirlo por la búsqueda pendiente: "Renta de esmoquin en Ciudad de México".

❀   ❀   ❀

Mateo se apresuró a comer. Sebastián pasaría por él para ir a la escuela a revisar el último corte del video que se proyectaría la noche de la graduación. Entre la docena de estudiantes que lo protagonizaban estaban ellos dos y también Sofía. No era necesario tener un promedio muy alto para hacerlo, sino financiar la producción. Todos estaban de acuerdo en que no era muy profesional; aunque los recursos eran suficientes, el tiempo no tanto, de modo que escribieron apresuradamente una especie de guion y no hubo tiempo para ensayos ni ajustes de dirección. Al menos era una producción decorosa y, sobre todo, se habían divertido muchísimo haciéndolo. Ni Alan ni Jorge habían querido participar; el primero tuvo que invertir su capital en los boletos de la graduación y el segundo opinaba que era una ridiculez.

Aunque el grupo lo formaban los cuatro, había una afinidad particular entre Mateo y Sebastián. Se consideraban mutuamente mejores amigos, por la relación estrecha entre sus familias y porque tenían mucho en común.

Pero no siempre estaban de acuerdo.

En el camino hacia la escuela, surgió el tema que había sido motivo de sus grandes divergencias.

—¿Y te van a dar un diploma de segundo lugar o estatuilla también? —preguntó Juan Miguel.

—Nomás diploma —respondió Mateo, molesto.

—Si no hubiera sido por el reporte... —dijo Sebastián.

—Qué pendejada —interrumpió Mateo.

—La verdad es que nos deberían haber expulsado.

—Claro que no. Era su palabra contra la nuestra. Además se lo merecía por puto y por buscón —las palabras de Mateo escupían rabia.

Sebastián suspiró. Parecía que era el único que se había arrepentido de la *broma* urdida por Jorge. Así lo planteó, como una broma inocente, divertida. Era sólo un rato de diversión a costa de alguien. Como Jorge les dijo, era normal, todo el mundo lo hacía, y ellos no, qué aburridos, qué nerds. ¿Qué podía tener de malo?

—Pero José Ignacio nunca nos ha hecho nada ni se ha metido con nosotros —fue el primer y único argumento que esgrimió Sebastián en contra. Los demás se burlaron: "Ha de ser que te gusta". "Uy, defiendes a tu noviecito".

Mejor quedarse callado y seguir la corriente. Total, era sólo una broma.

❀ ❀ ❀

—¿Me la vas a dar, sí o no?

—Sí. Pero ¿estás seguro de lo que vas a hacer?

—Nunca he estado tan seguro de nada en la vida.

—Te puedes llevar a muchas personas entre las patas.

—Ya sé. No me importa.

—Tú mismo vas a caer con ellos.

—Sí. Tampoco me importa.

—Te la voy a dar, pero nunca vayas a decirle a nadie cómo la conseguiste.

—Nunca. Estás haciendo bien. Tú sabes, igual que yo, que se lo merecen.

José Ignacio sonrió.

Y recordó una vez más.

❀ ❀ ❀

No había sido su culpa. Él vivía consciente de la clase de escuela y la clase de mundo en el que estaba. Por eso había elegido seguir con la farsa. Aparentaba de vez en cuando que alguna niña capturaba su atención. Hacía comentarios que verificaran su condición de macho. Y todo, según él, lo hacía muy bien. Pero una cosa es lo que uno escoge y otra distinta la habilidad para ejecutar esa elección. José Ignacio intentó negar su naturaleza, pero ésta no se dejó del todo. Así es que su orientación era algo que todos conocían, y de lo que algunos se reían a veces, con esas burlas que parecen inofensivas a quien las hace porque es incapaz de ponerse en los pies de quien las recibe. Sin embargo, José Ignacio había aprendido a sobrellevarlo. Ya llegaría el tiempo de la mayoría de edad. Su plan era conseguir un trabajo y salirse de su casa apenas terminara la preparatoria; total, un par de meses antes de que eso ocurriera cumpliría la mayoría de edad. Ya nunca más tendría que dar explicaciones a nadie. No volvería a recibir órdenes de cómo expresarse o qué música escuchar. Pensaba tal vez vivir en otro sitio, donde pudiera empezar de nuevo siendo quien era. Incluso, por qué no, en otro país.

Cuando Jorge entró a la escuela José Ignacio se fijó en él como solía fijarse en todos los nuevos, fueran hombres o mujeres. Era observador y le gustaba hacer una especie de apuesta consigo mismo sobre lo que al principio detectaba en la personalidad de los nuevos contra lo que resultaba, una vez que se daban a conocer un poco más.

Con Jorge no pudo, porque para cuando lo intentó, algo ya se había nublado en su entendimiento. Era lo mismo que ya antes había sentido, pero mucho más agudo: el corazón latiendo en todo el cuerpo, la incapacidad de expresarse, la destrucción neuronal, todo, pero peor; y se potenció cuando lo escuchó hablar. Su voz tenía una tesitura que José Ignacio no creía haber oído jamás y que acabó de concretar todos los síntomas de su caída.

No obstante, desde el principio supo que era necesario seguir fingiendo. Jorge se integró al grupo de los más populares y deseados del salón. De inmediato se hizo de su propio séquito de niñas que lo seguían a todos lados y de las cuales él elegía de vez en cuando a alguna para un besuqueo.

José Ignacio estaba acostumbrado a fingir, aunque algunas veces dolía más que otras. Ésta, tal vez, había sido la peor. Y sin embargo siguió fingiendo por mucho tiempo, más del que se pensó capaz de soportar. Casi hasta el final. Casi.

❀ ❀ ❀

Fue Jorge, en efecto, quien ideó el plan. Pero el origen de todo fue un comentario de Mateo.

Ocurrió durante la segunda mitad del semestre, cuando empezaron a presentar los trabajos en equipo. En esa ocasión, como siempre, se habían reunido Jorge, Sebastián, Mateo y

Alan para la clase de Geografía, y la exposición versaba sobre factores que sostenían a China como potencia económica
mundial. A los chicos se les ocurrió simular el panel de un programa de televisión, cuyos conductores se sentaban alrededor
de una mesa a hablar sobre diversos temas. La imitación de los
presentadores era lo que resultaba divertido para todos, y la
vestimenta de Jorge fue lo que resultó fatal para José Ignacio.
Era un traje, nada más. Pero le quedaba muy bien, lo mismo
que el pelo ligeramente largo y una sombra de barba, que ba-
lanceaban la formalidad del atuendo.

Y fue un momento solamente. Cuando Jorge se levantó de
su asiento y se dirigió a un rotafolio. José Ignacio lo miró y se
imaginó con él. No era la primera vez, claro, pero tenía entrena-
da a su imaginación para sólo desatarse cuando estaba solo. Lo
vio levantarse, acomodarse el saco y aflojarse un poco el nudo
de la corbata y, a partir de ahí, su mente viajó a otro sitio, donde él y Jorge estaban solos, muy cerca el uno del otro.

Pasó desapercibido para todos, pero no para Mateo. Fue
él quien vio a José Ignacio cuando tenía la mirada clavada en
su compañero, con ese semblante tan inequívoco: los ojos entor-
nados, perdidos, en los que casi se podía ver el sitio que José
Ignacio imaginaba, la boca un poco abierta, y, por encima de
todo, ese aire de tristeza de quien sabe que está imaginando un
imposible.

No transcurrieron más de seis segundos antes de que José
Ignacio se diera cuenta de su boca abierta y la cerró; sacudió
ligeramente la cabeza para borrar la escena que había empezado
a gestarse y se llevó la mano al cuello para atestiguar la ligera
humedad que ésta le había causado.

Si en ese momento Mateo hubiera estado repasando su
participación, o mirando su celular, o a la ventana, o haciendo
caso de los bizcos que le hacía Sofía desde su lugar, probablemente no hubiera sucedido nada de lo que pasó después.

Pero no. Mateo, en ese momento y sin ninguna razón particular, estaba mirando hacia la banca de José Ignacio. Y nada de lo que hizo durante esos seis segundos pasó desapercibido para él.

Más tarde, Mateo comentó sus observaciones con sus amigos. Las reacciones fueron disparejas. Sebastián no estaba sorprendido y compadecía un poco a José Ignacio; Alan se repegó a Jorge y se burló mucho, mientras éste aparentaba tomarlo todo con humor y calma, aunque por dentro sintió una rabia inexplicable, y le dio salida de un modo que tampoco se pudo explicar. A partir de ese momento, empezó a buscar la mirada de José Ignacio de vez en cuando. Empezó a rozarlo ligeramente al pasar, como por accidente. Hasta aquel día que el destino los hizo coincidir en el baño.

❀ ❀ ❀

José Ignacio jamás habría tomado ninguna iniciativa. Insistió en convencerse de que las veces que su mirada se cruzó con la de Jorge y los roces ocasionales eran fortuitos, aunque en cada uno de ellos sintiera el sudor en su cuello y el corazón queriendo salírsele del pecho. Pero ya alguna vez había malinterpretado gestos de ese tipo y sabía que el único resultado posible era una decepción o algo peor.

Ese día entró al baño a lavarse las manos y momentos después entró Jorge. José Ignacio le dirigió una mirada indeterminada a través del espejo y tragó saliva. Respiró y siguió en lo suyo, esperando que Jorge hiciera lo propio. No fue así. Jorge se paró detrás de él, tan cerca que podía sentir su pecho rozándole la espalda. Acercó su boca a la oreja de José Ignacio y le dijo:

—¿Y si nos vemos más tarde?

José Ignacio pensó que iba a desmayarse. Las rodillas le temblaban y también la cabeza cuando solamente asintió.

—¿Atrás de la capilla? ¿A las cinco?

José Ignacio vio a Jorge por el espejo, para comprobar si su mirada respaldaba lo real que parecía su propuesta.

Así parecía. José Ignacio sintió que no sólo no podía dominar su temblor, sino que estaba a punto de echarse a llorar, de modo que asintió nuevamente y salió con prisa del baño.

No fue, pues, testigo de lo que ocurrió entonces.

De Jorge bajando la mirada frente al espejo, casi tan nervioso como lo había estado él un momento antes. De unas carcajadas que venían de uno de los cubículos y de Mateo, autor de esas carcajadas, quien salía gritando:

—¡No maaaaaaaames! ¡También eres puñal!

Y Jorge tragando saliva, con los temblores aumentados, con las neuronas trabajando a marchas forzadas para intentar justificar aquello.

—No seas pendejo, es carnada. Para ponerle un calentón.

Mateo lo miró incrédulo, sin dejar de reír.

—¡A huevo, pendejo, vamos todos si no me crees! —insistió Jorge.

—Pus va.

No, José Ignacio no fue testigo de nada de eso, y el resto del día fue víctima de unos nervios nuevos, distintos, unos que tenía mucho, mucho tiempo sin experimentar; que igual lo hacían temblar y sentir palpitaciones, pero todo acompañado de una que otra sonrisa. Algunas dudas intentaron surgir, pero José Ignacio no se lo permitió. No iba a dejar que su inseguridad y su poca autoestima arruinaran algo que no sólo llevaba años sin sentir, sino que había imaginado desde el día que Jorge entró a la escuela.

Atrás de la Capilla nunca había nadie, y menos en las tardes. Mateo y Jorge habían convencido a Alan y a Sebastián de ir con ellos. Total, sólo se trataba de fastidiar un poco a José Ignacio, de divertirse a su costa. Una bromita, pues, nada grave. Alan aceptó con entusiasmo. Sebastián quiso disuadirlos, no por otra cosa sino porque no compartía ese tipo de humor, pero comprendió que sería inútil. Y, de no aceptar, acabaría siendo el blanco de sus burlas, así es que también lo hizo. Antes, fueron a casa de Jorge a que *se pusiera guapo*. Éste sacó una botella de ron de la cual dieron cuenta casi totalmente mientras él se cambiaba y hacían tiempo para la cita.

Para José Ignacio cada minuto que pasaba parecían quince. Apenas pudo comer y se cepilló tres veces los dientes. Se dio un baño, se vistió, y se habría puesto loción, pero no tenía. Miró el reloj: ya no había tiempo de ir por una. Tampoco contaba con dinero para comprarla. ¿Cómo es que nunca se le había ocurrido que algo como eso podía pasar? Lo había tomado desprevenido y aun así constituía la más grande y grata sorpresa que había tenido en su vida. Volvió a mirar el reloj para comprobar que solamente habían pasado dos minutos. Dejó salir una sonrisa —no así un par de lágrimas que pretendían acompañarla— al darse cuenta de que estaba dos minutos más cerca de encontrarse con Jorge.

José Ignacio se acercó nervioso al lugar de la cita. Respiró pausadamente y, aun sin acercarse demasiado, percibió el olor de la loción de Jorge y sonrió. Había llegado antes que él. Se quedó un momento viéndolo; estaba sentado en la barda que rodeaba la parte trasera de la capilla. Fumaba y también él parecía un poco nervioso. José Ignacio dejó pasar un momento y respiró algunas veces más.

—Hola —susurró finalmente.

Jorge se levantó, se acercó a José Ignacio sin decir nada y se detuvo hasta quedar a pocos centímetros de él. José Ignacio percibió más penetrante el olor de su loción, ahora combinado con el del alcohol; también sintió el calor que despedía su cuerpo. Jorge acercó su cara a la de José Ignacio y él cerró los ojos y acercó también la suya.

Todo lo demás ocurrió muy rápido. Tenía los ojos cerrados y no vio venir el golpe que lo sorprendió y lo tiró al suelo. Escuchó la risa de Jorge y otras más. El sol le daba en la cara, pero pudo distinguir en las siluetas a los amigos de Jorge. Siguió escuchando insultos que no eran novedad; sintiendo golpes que sí lo eran. No sabía cuáles dolían más. Pero la desilusión, sin duda, era lo más doloroso que había sentido nunca.

Jorge y sus amigos afirmaron no recordar con mucha claridad lo ocurrido esa tarde. Dijeron que estaban borrachos y exaltados; que no tenían intención de provocar tanto daño. Es más, que no tenían intención de hacer ninguno. Era sólo una broma.

Sebastián era el único que genuinamente siempre estuvo alejado de esas intenciones. No propinó ni un golpe. Ni un insulto. Alguno que otro grito desarticulado, quizá, para no quedar fuera. Ante la insistencia de Mateo —que había llenado la memoria de su celular con fotos de él y Sofía— grabó el ataque. Grabó las patadas que sus compañeros, enloquecidos, le dieron a José Ignacio, que lloraba silencioso e indefenso en el suelo. Incluso quedaron grabados unos segundos de cuando Mateo se abrió la cremallera y orinó sobre José Ignacio entre las risas e insultos de los demás. Sebastián se guardó el teléfono sin detener la grabación.

—Ya vámonos, ya déjenlo.

El teléfono siguió grabando, en negros, más insultos. En segundo plano los sollozos contenidos de José Ignacio, que se convirtieron en un grito al recibir la última patada de Jorge en el rostro.

Más risas después, conforme se alejaban. Y el silencio de Sebastián, que no acababa de comprender por qué habían hecho eso.

José Ignacio sí que recordaba todo con detalle. Y lo llenaba aún más de rabia la reacción de las autoridades de la escuela. Porque él denunció. Sin embargo, a pesar de las evidencias del ataque en su cara y cuerpo, a pesar del día y medio que José Ignacio permaneció en el hospital, apenas logró que sus agresores recibieran un reporte. Eso sí, los padres de ellos se hicieron cargo de la cuenta. Para el director eso parecía ser suficiente. Parecía que, en el fondo, pensaba que Mateo y sus amigos habían hecho lo correcto. No lo dijo, claro, pero minimizó las acciones como si todo se hubiera tratado, como argumentaron ellos en su defensa, de una broma solamente.

Durante meses José Ignacio había dejado crecer el odio y el deseo de venganza; tuvo tiempo para proveerse de lo que necesitaba y de convencer a dos compañeros de que lo ayudaran. Ellos aceptaron, quién sabe si por morbo, por compartir su odio hacia Mateo y sus amigos o porque realmente pensaban que era necesario.

Todo estaba listo.

Mateo, nervioso, se puso las mancuernillas y se dio el último toque de loción. Mil doscientas personas escucharían su breve discurso. Su papá le había ayudado a escribirlo. Hablaba de excelencia académica y de compañerismo. De niveles de conocimientos y relaciones fraternales. De los valores éticos que promovía y cuidaba su escuela. Un buen discurso, pues. Directo y emotivo.

✸ ✸ ✸

José Ignacio esperaría hasta después del discurso para ejecutar su plan. Ya estaba todo arreglado. Había conseguido el mapa de las mesas y había circulado con plumón rojo las que ocuparían Mateo y sus compañeros al lado de sus familias; estaban juntas y cerca del estrado, de modo que eso facilitaría todo.

—¿Para qué esa mochila? —le preguntó su mamá—. ¿Qué tanto llevas?

—Unos libros y material para devolverles a unos amigos —fue la seca respuesta de José Ignacio.

Después de esa noche la vida no sería igual para muchos de los que estaban en ese recinto. En especial, para los integrantes de las mesas circuladas con rojo.

✸ ✸ ✸

Mateo subió al estrado en medio de una ovación. Dijo con voz firme y segura las palabras que le había ayudado a escribir su padre. La música de fondo le daba un aire más conmovedor que incluso provocó una que otra lágrima.

Cuando tronó el aplauso de cierre, aún más estridente que el anterior, José Ignacio se disculpó con sus padres y se levantó de la mesa, con su mochila en la mano. Caminó despacio hacia el estrado, respirando para controlar sus nervios. Se colocó tras una bocina, cuidando que en su espectro visual quedaran las caras de Mateo, de sus compañeros y de los familiares de todos.

El maestro de ceremonias anunció que a continuación se presentaría el video que habían hecho los estudiantes de la generación. Las luces se apagaron.

Entonces empezó un video. Pero no era el anunciado.

Se levantó un murmullo general de asombro aderezado por alguna que otra risa nerviosa.

José Ignacio vio los cientos de celulares que se aprestaron a grabar una copia de lo que estaba proyectándose. Sí. Eso iba a convertirse en algo grande. También, desde su sitio, pudo ver las caras de Mateo, de Alan y de Jorge transformarse ante lo que veían. Y las de sus familiares, totalmente descompuestas al ver a sus hijos ejemplares comportándose de esa manera. Hablar así. Actuar así. Insultar y golpear a un solo muchacho, incapaz de defenderse ante tres atacantes. Cuando en la pantalla apareció la imagen de Mateo abriéndose la cremallera, todos los asistentes dirigieron sus miradas hacia él, que momentos antes había hablado tan sentidamente del valor de la ética. De la importancia de la fraternidad. Mateo supo que nunca lo volverían a ver igual.

José Ignacio le dirigió un ademán de agradecimiento a Sebastián y otro a sus cómplices, los compañeros encargados de la proyección. Sin dejar de respirar despacio, caminó de regreso a su mesa. Vio dolor e incomprensión en la cara de su madre y furia en la de su padre. Mochila al hombro, se detuvo un momento para decirles:

—Se quedan en su casa.

Y siguió caminando con pasos firmes hacia la salida del salón.

Hacia una nueva vida.

DOS MANERAS DE VIAJAR A EGIPTO

Iris García Cuevas

Iris García Cuevas estudió en la Técnica Núm. 68 y pudo haber sido jugadora de básquetbol, pero le daban miedo los balones; prefería quedarse en el salón leyendo o jugando con su cubo rubik.

SE LLAMABA JULIETA ALVARADO y se sentaba en la última fila, pegada la pared. Tenía catorce años, pero parecía mucho más grande. Cuando nos presentamos el primer día de clases explicó que había perdido un año porque sus papás se divorciaron y su mamá había decidido regresar a Acapulco a medio año escolar y ella no pudo completar el ciclo, así que la habían inscrito otra vez a primero. Antes vivían en Matamoros y por eso ella hablaba con acento norteño. Su papá era soldado y su mamá, que antes no trabajaba, era recepcionista en un hotel de lujo, así dijo ella, de lujo; y presumió que los fines de semana su mamá la llevaba al hotel y ella se la pasaba todo el día disfrutando la alberca.

Yo era todo lo contrario de Julieta, la antítesis, habría dicho el maestro de sociales. Me sentaba en la primera fila, frente al escritorio del profesor, del lado de la ventana. Iba a cumplir once años. Estaba en secundaria porque me había saltado el preescolar. Dice mi mamá que fui como dos semanas y le dije que no me gustaba esa escuela porque nos la pasábamos haciendo rayitas y yo quería aprender a leer. Para entonces, gracias a un libro de *Mis primera letras* que heredé de alguno de mis hermanos, ya reconocía las vocales, algunas consonantes y el sonido que formaban al juntarse. Mi mamá habló con la directora y las maestras de una primaria que estaba cerca de la casa, las conocía bien porque les vendía ropa en abonos, y ellas le dijeron que podía llevarme, que total, que si no aprendía y reprobaba no pasaba nada porque de todos modos estaba chica; pero no reprobé y terminé de 10 años en la secundaria.

Pero nada de eso conté yo cuando me tocó presentarme. Mi mamá me había advertido muchas veces que la vida de uno a nadie le interesa, así dice ella, la vida de uno; y que al contrario, todo lo que le confiemos a la gente puede ser usado más tarde en nuestra contra. Por eso, cuando le tocó hablar a Julieta y se soltó contando tantas cosas de su vida como si a todo mundo le importaran y, peor aún, que todos los del salón y hasta el maestro la estuvieran mirando atentamente y hasta festejaran lo de la alberca y la posibilidad de pedir permiso para una excursión algún día entre semana en temporada baja, así dijo el maestro, temporada baja, decidí que ella no me gustaba y menos el resto de mis compañeros, que fingían interés para poder usar en contra de Julieta todo lo que decía.

Cuando sonó el timbre de salida Julieta salió rodeada de compañeros. Yo me demoré acomodando mis cosas en la mochila, haciendo tiempo para que todos se fueran. Luego bajé al baño, me encerré en uno y me puse a llorar. No sé por qué pero el primer día de clases siempre me hace llorar. Lo mismo me pasó en la primaria la primera vez que fui. Fue a dejarme mi tía Amparo. Me acuerdo que nos quedamos paradas bajo un almendro mientras los niños se formaban y caminaban en hilerita a sus salones. Después, mi tía me llevó de la mano a un salón y me dejó con la maestra Leonor. Allí la maestra hizo que dijera mi nombre y mi edad en voz alta. También les dijo a mis compañeros que tenían que cuidarme porque era la más chiquita. Luego me dijo que me sentara en la mesa que estaba frente a su escritorio, yo creo que allí me viene la costumbre de buscar ese lugar en todos los salones. Yo miré por la ventana buscando a mi tía, quería que viera dónde me había sentado, pero mi tía ya no estaba y no sé porqué me dio mucho sentimiento. Me acuerdo que le pedí permiso a la maestra para ir al baño. Tenía cuatro años pero ya sabía que no era bueno llorar delante de la gente porque a los demás no les importa por qué lloras y pueden burlarse de ti.

Cuando salí del baño ya estaban formados los de la tarde. Corrí con todas mis fuerzas porque mi mamá iba a regañarme si llegaba después de las tres. Afuera vi a Julieta. Estaba parada junto a un coche blanco con rayas negras a los costados. No sé qué tipo de coche era. No me sé los nombres de los carros. Adentro había un señor como de 20 años. Le tocaba la mano a Julieta y ella se reía a carcajadas. Cuando me vio se dejó de reír. Se me quedó viendo. Yo hice como que no los veía. Me agarré de las dos correas de mi mochila como si fuera a caerme si me soltaba y clavé la vista en mis pies como si con eso pudiera hacer que fueran más de prisa.

Al día siguiente seguimos con las presentaciones. Teníamos que presentarnos en cada materia y eran diez. Antes del receso tuvimos Español. El maestro nos enseñó los libros que había en el librero del salón. Nos dijo que había cuentos y novelas que podían interesarnos, así dijo él, interesarnos. Yo los únicos libros que había leído eran los de *Español: Lecturas*. Cada año en la primaria nos daban uno. A mí me alegraba recibir los libros nuevos, sobre todo ese. Lo leía en una tarde y me la pasaba releyéndolo todo el año hasta que llegaba el siguiente. También había leído el *Declamador sin maestro* y el *Libro de oro del declamador universal* que estaban en el librero de la casa. Mi papá dice que si nos aprendemos poemas de memoria, la memoria se ejercita y se vuelve cada vez más fácil aprender. Yo me sé de memoria el *Brindis del bohemio*, *Los motivos del lobo*, las *Rimas y Leyendas* de Gustavo Adolfo Bécquer... y así.

Esa mañana decidí que en lugar de salir al recreo me quedaría revisando los libros del librero. Encontré uno que se llamaba *Un yanqui en la corte del Rey Arturo*, en el que un hombre se pelea, recibe un golpe en la cabeza, se desmaya y despierta en medio de los caballeros de la mesa redonda. Lo estaba leyendo cuando Julieta entró al salón. Levanté la vista y luego la volví a clavar en el libro, pero ya sin leer. Sentí cómo se me fue acercando y se sentó a un lado de mí.

—¿No vas a salir?

—No.

—Ayer te fuiste bien tarde.

—Ajá.

—¿Le contaste a alguien que me viste?

—No.

—¿Quieres?

Por fin levanté los ojos y sentí que se me hacía agua la boca cuando vi la bolsa de mangos con chile. Negué con la cabeza, porque si hubiera hablado se me hubiera escurrido la saliva. Sí quería, pero mi mamá me ha enseñado que no debo aceptar nada de extraños porque, una de dos: te ofrecen para no ser groseros pero en realidad no quieren darte, o porque tienen alguna intención oculta y en ninguno de los dos casos es bueno aceptar.

—Ándale —insistió Julieta, y se llevó ella misma un pedazo grande de mango a la boca y yo ya no pude resistirme.

Mientras comíamos me contó que al muchacho del coche lo conoció en la alberca del hotel en el que trabajaba su mamá, que primero platicaron y que luego él le invitó una hamburguesa y un refresco de esos carísimos que venden en el hotel, así dijo ella: carísimos. También me contó que era millonario y que le había dicho que, si ella quería, él podía regalarle por sus quince años un viaje a cualquier lugar del mundo; que por eso había ido por ella ayer, pero ella no se fue con él porque su mamá le había organizado una fiesta con todos sus primos para el jueves y ella no quería perderse el festejo y los regalos; que no lo dejó llevarla a su casa porque si su mamá la veía la iba a regañar porque no debía socializar con los huéspedes, así dijo, socializar con los huéspedes, y a lo mejor hasta sin fiesta se quedaba; pero seguro el viernes se iría de viaje a Egipto y conocería las pirámides. Yo sólo la escuchaba y pensaba que me estaba mintiendo.

—Mira, chiquita —me dijo cuando nos terminamos el mango—, me tienes que prometer que no le vas a decir a nadie que me viste ayer, ni aunque te pregunten. Diego no quiere que todo el mundo se entere de que anda regalando viajes, si la gente se da cuenta de que es tan rico lo podrían hasta secuestrar. ¿Sí me entiendes?

Ahí está la intención oculta, pensé. Pero ya me había comido todo el mango y no me quedó de otra que prometerle que no se lo diría a nadie.

—Pero a nadie —insistió.

—A nadie —le confirmé.

—¿Que se muera tu mamá?

Me quedé callada.

—Me tienes que decir: "que se muera mi mamá si se lo cuento a alguien". Ándale, así yo sabré que no se lo contarás a nadie para que tu mamá no se muera.

Sentí mucho miedo. Me imaginé a mi mamá perdiéndose en el mar como le pasó a mi tío Fernando. Me limpié los dedos en la falda y me arrepentí muchísimo de haber aceptado el mango.

—No tienes que preocuparte. Si no se lo dices a nadie tu mamá estará a salvo.

Tuve muchas ganas de llorar, más que el primer día de clases, todavía más que el primer día de clases de la primaria cuando busqué a mi tía por la ventana y ya no estaba. Me quise levantar para ir al baño, pero Julieta me agarró de la muñeca.

—Promételo por la vida de tu mamá.

Le dije que sí, porque el timbre estaba a punto de sonar y yo de ponerme a llorar en el salón y todos me iban a ver llorando. Me solté y salí corriendo. Me encerré en el baño y no salí hasta que sonó el timbre de la hora siguiente. Cuando salí, el prefecto me regañó por haberme saltado la clase, luego se me quedó viendo y me preguntó si me sentía bien. Le dije que me dolía la panza y me mandó a la enfermería. Allí me la pasé la siguiente hora. La enfermera me preguntó si quería irme a mi casa y le dije que sí. Me dio un justificante y me dijo que se lo mostrara a mis maestros al día siguiente para que me quitaran la falta.

Al otro día le dije a mi mamá que me sentía mal y me quedé en la cama todo el día. Le pedí que se quedara conmigo y la abracé fuerte.

—¿Verdad que nunca te vas a morir?

Me miró preocupada. Me tomó la temperatura, me acarició la frente y me rezó un Padre Nuestro. Ese día hizo de comer espagueti con albóndigas porque sabe que me gusta mucho, pero yo no tenía hambre.

El jueves mi mamá me preguntó cómo me sentía. Por un momento pensé decirle que mal, pero la noche anterior había estado recordando el libro que empecé a leer y tenía mucha curiosidad de saber qué pasaba con Hank, el yanqui que había viajado en el tiempo, lo habían metido preso y condenado a morir en la hoguera. Así que me levanté y me fui a clases.

Todo el día le estuvimos cantando las mañanitas a Julieta. A cada maestro, después del pase de lista, alguien le decía que Julieta cumplía años y empezaba el canto, después del canto, los aplausos, las porras y hasta vals tarareado para que Julieta lo bailara con el maestro; en fin, todo lo que se pudiera hacer para demorar el inicio de la clase. Me parecía que nunca iba sonar el timbre. Cuando por fin salimos Julieta se acercó a despedirse.

—¿Vas a volver a perder el año?

Julieta se río muy fuerte y yo me arrepentí de haberle preguntado.

—No, tonta, sólo me voy el fin de semana. Mañana salgo de la casa como si viniera a la escuela, pero en lugar de libros voy a llenar la mochila con ropa. Diego va a pasar a recogerme, nos vamos directo al aeropuerto, llegamos a Egipto, paseamos en camello, nos tomamos fotos en las pirámides y nos regresamos. El lunes vuelvo a clases.

Pero no regresó. El martes tampoco, ni ningún otro día de la semana. Yo busqué Egipto en internet y pensé que era lógico que no volviera porque era un lugar muy, muy lejano. Más lejano que Camelot. A la semana siguiente fue su mamá. Llegó al salón acompañada por el director de la escuela. El director nos preguntó si sabíamos algo de Julieta, si la habíamos visto, si nos había contado algo que pudiera ser relevante para encontrarla, así dijo: relevante. Yo me mantuve fiel a mi promesa y no dije nada.

Empezaron las habladurías, así dice mi mamá: habladurías. Todo lo que Julieta había contado ahora lo usaban en su contra. Lo primero que dijeron fue que seguro se había ido con el novio, que las morras con padres divorciados eran unas loquillas, que seguro nomás iba a la alberca del hotel de lujo a ver si pescaba algo. Luego las habladurías terminaron y ya casi nadie se acordaba de Julieta; yo sí, porque cuando terminé el libro del yanqui, había encontrado otro sobre un joven egipcio que después de la muerte de su amada se convierte en mago. Entendí por qué a Julieta le gustaban los camellos y las pirámides.

Ya habían pasado los festejos por la Independencia y la Revolución cuando el director nos dio la triste noticia, así dijo él: triste noticia. Fue un lunes, eso es seguro, porque estábamos en el homenaje; después de las efemérides el director se acercó al micrófono y nos dijo que una de nuestras compañeras había fallecido a causa del crimen organizado, se llamaba Julieta Alvarado y había estado un tiempo muy corto con nosotros, pero seguro alguno todavía la recordaba. Él aprovechaba la ocasión para exhortarnos, así dijo: exhortarnos, a mantenernos en el camino del bien y evitar las malas compañías. Se escuchó un murmullo que recorrió toda la cancha, de seguro la mayoría se preguntaba quien era Julieta Alvarado. Los del salón se miraron unos a otros. Yo bajé los ojos porque no quería que nadie me mirara. Guardamos un minuto de silencio y rompimos filas.

En el salón se armó un alboroto inmenso, alguien había buscado en su teléfono lo que le había pasado, yo no quise ver la fotografía. Busqué en el estante una de las aventuras del mago Taita y pensé que Julieta, como Hank, se había desmayado con el primer golpe y había despertado en el antiguo Egipto, justo a tiempo para ver a inauguración de las pirámides y que ahora de seguro estaría paseando a las orillas del río Nilo.

COLA DE IGUANA

Rogelio Guedea

RUTA
70

Rogelio Guedea estudió en dos secundarias: la "Enrique Corona Morfín" y la "Fray Pedro de Gante". De la primera lo expulsaron; de la segunda casi, pero no ocurrió gracias a una cadena de acero inoxidable que le ayudaba a repeler las condenas y amenazas de sus profesores.

QUIQUE COGE, DEL EXTREMO más grueso, la cola de la iguana y empieza a dirigir, hacia la boca abierta de Juanjo, su punta más delgada. Ábrela más, dice Quique. *O uedo*, advierte Juanjo, con la cabeza echada hacia atrás, como si estuviera recabando, del cielo, prístinas gotas de lluvia. Quique encañona el extremo de la cola, y avanza. Mauri sujeta del brazo izquierdo a Juanjo y Suárez, del derecho. Se inclina Suárez al oído de Juanjo: ahora sí las vas a pagar todas, malnacido. Lo dice con una voz amartillada, y sus dientes crujen. Desde un extremo, casi sin expresión, vigilando que no asome la piocha la prefecta, o el intendente, mucho menos la directora, los observo yo. Volteo hacia un lado y hacia otro, arriba abajo, como un velador de barrio residencial, pero siempre con un ojo al gato (es decir a Juanjo) y el otro al garabato (es decir a la prefecta, intendente o directora). Que abras más la boca, te digo, dice Quique, con la punta de la cola de la iguana apuntando a la boca de su presa. *O uedo e igo*, repite Juanjo, sin poder mover siquiera las quijadas, pues el Chacalapo, mirada torva y criminal, lo tiene cogido, jalándolo hacia atrás de las greñas de la nunca. Juanjo tiembla, y suda. Apenas ayer ni siquiera se imaginaba, torpe como ha sido siempre, lo que hoy le esperaba. Habría jurado que se saldría con la suya, como ya lo había hecho otras veces: pronto aprendería, que la venganza, lo dijera mi padre, es una sopa que se come fría. No puede uno ir por la vida causando destrozos, hijo, me dijo, aquella tarde, mi padre, mientras, hambrientos, devorábamos una sopa de lentejas en el comedor de la casa y, en la radio, escuchábamos a Trespatines. Claro que no, papá, recuerdo haberle contestado. Y Juanjo no había hecho otra cosa en la vida que jodernos la nuestra. Desde que entramos a la secundaria, en primer año, y fue elegido jefe máximo de grupo, Juanjo se había tomado muy en serio sus atribuciones: nos ponía reportes a la menor provocación, nos acusaba con la prefecta, tergiversaba los hechos, las medias verdades las convertía en mentiras rotundas, las mentiras rotundas en penas de muerte. Sentado en la banca al fondo del salón, Juanjo se la pasaba registrando cualquier falso movimiento que hacíamos, para luego reportarlo, como crimen atroz, a las autoridades escolares, quienes, hipócritas y perversas, lo llenaban de elogios. En una sola semana Quique, Chacalapo y yo nos ganamos seis reportes, lo que ocasionó que nuestros padres fueran citados por la directora, quien, apretujada y malmodienta, les advirtió que, de no cambiar nuestra conducta, nos echaría de la escuela. Yo no sé a Quique o a Chacalapo, pero lo que fue a mí me dieron hasta con el palo de la escoba. Como ya sé que se lo están todos preguntando: sí, en las puras nalgas. Me las dejó rojas mi papá, sangrando, de este tamaño de grande los moretones, y todo por culpa de Juanjo. Cierra los ojos, ordenó Quique. Juanjo, tembleque, los cerró, apretándolos como sellándolos con pegamento. Desde que entramos a la secundaria, Juanjo, bien peinado y fajado, se distinguió por su inteligencia y su buena conducta. Los maestros lo adoraron. El Chupachupa mismo, odiado por todos y todas, lo abrazaba, siempre, al entrar al salón, lo palmeaba del hombro, como si fuera su hijo, le hacía preguntas sobre cómo había estado su día o noche. De más está decir que no bien pasó la primera semana de clases, Juanjo fue puesto, por el propio Chupachupa, como ejemplo de lo que debía ser un estudiante y un ciudadano. Levántate, Juan José, le pidió el Chupachupa, después de volver de la ceremonia, aquella fresca mañana. Juan José, tímido, se puso en pie, sin poder evitar meter, en los bolsillos de su pantalón, sus manos tísicas. ¿Lo ven?, preguntó el Chupachupa. Sí, dijeron unos cuantos. ¿Lo ven?, volvió a repetir el Chupachupa, haciendo una mueca agria y escrutadora. Sííí, gritamos, esta vez con gravedad, todos al unísono. Cuánto daría por tener, al menos, unos dos Juan Joseses en esta clase, dijo el Chupachupa, viendo, con una mirada enternecida, a Juanjo. Yo creo que es joto el Chupachupa, dijo Quique. Yo no creo, dijo Suárez. Y Quique: ¿no? No, dijo Suárez, yo no creo que sea joto. Yo creo que es jotísimo. En realidad el Chupachupa no era joto, pero sí era muy feo, parecía un roño parado. Juanjo, no sobra decirlo, de que era inteligente, era inteligente, y mucho. Además, tenía una letra impecable y se convirtió, desde el primer día de clase, en el único candidato para ser jefe de grupo. No supimos en la que nos habíamos metido. Juanjo cambió tanto que ya ni en el barrio nos hablaba, no fuera a ser que lo contagiáramos de algo o que nuestra amistad le implicara, a sus funciones de jefe de grupo, un conflicto de interés. ¿Te fijas cómo ya ni viene Juanjo a las retas?, dijo Quique. Y Mauri: sí. Juanjo había cambiado, con nosotros y consigo mismo. Dejó de ir y venir a la escuela en la ruta con nosotros, como antes. Ahora lo llevaba su mamá o lo recogía un taxi, puntual al veinte para las siete, para llevarlo. Dulcemaría me dijo el otro día que vio pasar a Juanjo por el parquecito y ni siquiera le levantó la mano, dijo Suárez. Y Chacalapo: engreído. Que cierres los ojos, Einstein, espetó Mauri, dándole, con la punta del pie, una patada a Juanjo en la pura espinilla. Juanjo volvió a cerrar los ojos. Esta vez no se salvaría de todas las que nos había hecho. Quique lo apuntaba con la cola de la iguana, muy cerca ya de la boca, firme la mano y con gran deseo de venganza. Se la enterraría hasta el fondo de la garganta. No era para menos. Lo último que nos hizo Juanjo era imperdonable, y más tratándose de nosotros, sus fieles amigos del barrio. No éramos, sin embargo, los únicos perseguidos del Traidor que se Vendió a las Autoridades Escolares (como definió a Juanjo, una noche, la mamá de Chacalapo). Otros compañeros (Sonrics, Tolteca, Búho, Ceja, etcétera) también estaban, por su culpa, en la cuerda floja. Sonrics llegó a contar que la directora le advirtió a sus papás que, de no mejorar su conducta, el próximo año ya no lo aceptarían en segundo. Tolteca dijo que a él lo correrían a mitad de año, no importaba que viniera el Obispo a defenderlo. Lo mismo Búho: su madre estaba harta de tanto citatorio. Ceja era el peor de todos: la prefecta Mary, malvada y ávida de sangre, lo había condenado a reprobar el año, girando, por debajo del agua, instrucción a la maestra de Física y de Artística, sus amigas, de que lo reprobaran con un 3 de calificación. La prefecta Mary quería arruinar la vida de Ceja, como a ella se la arruinó la estilista que le hizo ese corte de pelo que más bien parecía hecho con un fogonazo del bóiler. ¿Por qué le argüendeaste a la directora, Nalgas de Aspirina? Quique se refería a la traición de Juanjo. Nada le habría costado a Juanjo hacerse de la vista gorda, todos entonces habríamos gozado de una quermés inolvidable y con los gastos pagados, o sea mejor que en los hoteles todo incluido. *O e naa*, dijo Juanjo, con las quijadas que ya le reventaban. No sé nada, no sé nada, se mofó Chacapalo. ¿Cómo ves a este?, dijo Suárez. Quique le recordó que no se hiciera que la virgen le hablaba. El día que se encontró Quique los boletos de la quermés debajo de las jardineras del segundo piso, nomás estaban

Mauri, Suárez, Chacalapo y él, además de Juanjo, que apenas descendía la escalera rumbo a la prefectura. Juanjo, de reojo, vio a Quique recoger los boletos, pero se volteó, rápido, hacia el área de salones, para despistar. Era un paquetote de boletos con los que te podías comprar aguas frescas, tacos tuxpeños, tortas de lomo y de jamón, fruta, refrescos. También podías, de quererlo, entrar a la discoteca o al cine. Quique, luego de limpiar el perímetro, se echó los boletos a la bolsa y volvió al salón, acompañado de Mauri, Suárez y Chacalapo, que lo escoltaban como guaruras presidenciales. En el salón estábamos todos, o casi todos, esperando la miniclase de Pizano, luego de la ceremonia semanal donde la directora nos ordenó buen comportamiento en la quermés: no quiero pleitos ni jaloneos en las filas ni destrozos en la discoteca, dijo, con su ceja izquierda muy levantada y, al concluir, los labios apretados. Quique cerró la puerta del salón y, cuidándose de no encumbrar mucho la voz, pidió la atención de los compañeros. Como un presidente de la República o un gobernador de Estado, dijo: compañeros y compañeras, amigos y amigas, tengo a bien decirles que hace un momento, mientras caminaba por el corredor con Mauri y Suárez me encontré este paquete (y lo levantó para que todos lo vieran) de boletos para la quermés. Con estos apreciados boletos es posible comprar tortas de jamón y lomo, paletas de jamaica, bolsas de pepino y jícama, donas, compañeros y compañeras, amigos y amigas, donas de chocolate y de vainilla, o azucaradas nomás, fantas y coca-colas, dulces, palomitas. No sabemos a quién se le cayeron ni nos importa, compañeros y compañeras, amigos y amigas, tampoco si alguien los perdió o los arrojó ahí con mucho coraje, nada de eso nos importa. Nos inclinamos a pensar, eso sí, en lo único que creemos posible: en que este hallazgo fue un regalo de la divinidad para todos nosotros, un obsequio del Ángel Bueno del Cielo, un donativo de la Virgen María para las juventudes sedientas de pasársela bien en la quermés. Todavía no terminaba Quique de decir Virgen María cuando ya todos los compañeros de la clase habían arrojado un ¡hurra! grande y estertóreo. Quique les pidió que bajaran la voz, no fuera a venir la prefecta Mary a arrebatarles la preciosa ofrenda que les acababa de hacer Dios. Los compañeros callaron, pero siguieron haciendo gestos de felicidad, cuchicheos de pupitre a pupitre, manos que, veloces como parpadeos, se empuñaban de júbilo. Quique, entonces, sigiloso y erguido, empezó a caminar por entre las hileras de pupitres, repartiendo boletos: ¿torta o tacos?, ¿refresco o agua?, ¿discoteca o cine?, preguntaba, elegía cuidadosamente los boletos y se los entregaba al beneficiario, que obviamente rechinaba los dientes de contento. De pronto, cuando hubo terminado, del fondo, gritó una voz: viva, Quique, ¡vivaaaa! A la bio a la bao a la bim bom ba, Quique, Quique, ¡ra, ra, ra! Todavía no se animaba a calmar los ánimos estudiantiles Quique cuando, al voltear, nos dimos cuenta de que, parada en la puerta, estaba la prefecta Mary. Venía acompañada de Juanjo, que nos veía como de esas veces que uno mira sin ver. Mira, guajolote, le dijo Quique a Juanjo, si la prefecta Mary no hubiera extendido la mano pidiéndome los boletos, te hubiera creído que fue por el error del Sonrics, a quien, del puro susto, y casi en las narices de la prefecta Mary, se le cayeron al suelo. Nos arruinaste la vida, malnacido, dijo Chacalapo, detrás de la oreja de Juanjo. Y también la quermés, agregó Suárez, dándole otro puntapié. Uno por uno nuestros compañeros le fueron entregando, con esa desesperanza de aquellos a los que se les cancela todo porvenir, a Mary, la prefecta, los boletos. Argüendero, dijo Suárez, dándole ahora una guantada a Juanjo en la pura panza. Que abras más la boca, ordenó Quique. Juanjo ya sabía lo que le esperaba. Conocía bien la venganza de la cola de iguana. Él mismo había llegado a practicarla con el Que se le Escapó al Mocha Orejas, aquella mañana en la mina, bajo el sol de las tres de la tarde. Sabe que arde, primero, y luego raspa, y poco después te dan ganas de vomitar o desmayarte, según. Esta vez te la voy a meter hasta el estómago, amenazó Quique, y las venas del cuello le saltaban como liebres. A Quique fue al único que llamó la directora para decirle que sus días estaban contados en la secundaria, había ya enviado un citatorio definitivo a doña Beatriz Requena, su madre. Le iba a contar de las malas intenciones de Quique con los boletos y de las reprochables consecuencias que hubiera tenido que los alumnos los gastaran en la quermés, sin pagarlos, generando, para la sociedad de padres de familia, que tantas acciones altruistas venían haciendo en los últimos meses, pérdidas millonarias. Además, le diría algo que siempre se reprimió: que Quique se bajó los pantalones frente a la Lola y la Pémex y, jactándose de su gallardía, les enseñó la pija, lo que provocó la alarma entre los compañeros. La directora quería hundir a Quique para siempre, impedirle a Quique su sueño de ser diputado, truncarle a Quique su carrera hacia la gubernatura, destruirle a Quique su futuro como el hombre más rico y poderoso de Colima, el estado que lo vio nacer. Era eso lo que a Quique lo tenía vuelto de cabeza y, a todos nosotros, que también teníamos los mismos sueños de Quique, enfurecidos. Sujétenlo, bien, dijo, finalmente, Quique, y empezó a introducir la cola de la iguana en la boca abierta. Al sentir en la lengua la punta de la cola, Juanjo, que había abierto los ojos para cerciorarse de que seguía en el mismo lugar, arrugó la cara, pero sin dejar caer las mandíbulas. Chalapo, por detrás, le dio una patada: estáte quieto, malnacido. Yo me asomé hacia un lado y hacia otro, alertado por un chillido proveniente del Taller de Fundición. No era nadie. Quique empezó a meter la cola de la iguana más adentro de la cavidad de Juanjo. Entonces Suárez lo detuvo. Extendió la mano y lo cogió de un hombro a Quique. Espera, dijo Suárez, con los ojos de furia, cual terrible lobo. Hizo un movimiento de cabeza Suárez, señalando con los ojos la tierra enlodada, indicándole que embadurnara la cola de ese material gelatinoso y pestilente. Quique miró a Suárez. Estuvo mirándolo uno, dos, tres, cuatro segundos. Quique era capaz de todo, pero a esto, seguramente, no se atrevería. Mauri, en señal de desaprobación, movió la cabeza. Yo, luego de tragar un mogote de saliva, aprobé la desaprobación de Mauri. El cielo se ennegreció. Desaparecieron las nubes, como zanates asustados. Un sudor caliente empezó, por las sienes, a escurrirme, igual que a Mauri. Quique empezó a extraer, pausada y maliciosamente, la cola de la iguana de la boca de Juanjo. Miró, agradecido, a los ojos de Suárez, y no hubo nadie, ni el mismo Dios, que detuviera su venganza.

STARMAN

Susana Iglesias

Susana Iglesias estudió en seis secundarías. No recuerda el nombre de aquellas prisiones. Amaba sus botas de cuero, los abrigos negros que usaba en época invernal; en una de las bolsas cargaba un walkman y cintas de Iggy Pop, Joy Division y The Smiths, que sonaban en aquellos audífonos enormes que perdió en un viaje a California.

Marcar algo es matarlo. Placer agrietado del miedo. El enemigo interno nos marca constantemente. Nadie te soportaba, igual que a mí: te apartaban con un manotazo, algún grito, con silencio. Los brazos tatuados en decepción y suicidio. Un pobre diablo no-presentable, no-redituable, no-contratable, no-productivo para una sociedad enferma. Voy pateando una puta piedra cerca de una de las laterales de Viaducto Río de la Piedad. Cada contacto de la bota con la piedra es como si pateara mi asqueroso futuro; la rabia: sentimiento insolente, genuino, todos los sentimientos me aburren, se agotan. Pregunto, el metro más cercano es Puebla, Iztacalco, delegación horrenda. Antes de patear la piedra tomé un taxi, me asaltó y me dejó tirado aquí. Hace veintiún años que renuncié a las navajas, no debí hacerlo.

❀ ❀ ❀

Arruiné la cena familiar. Valeria preguntó si podía partir el pastel de carne; madre y abuela se opusieron a que le diera el cuchillo a una niña de ocho años, "es muy peligroso", *vivir es peligroso, abrirle al señor del gas es peligroso, el metro es peligroso, respirar, las escaleras eléctricas, comer pastel de carne es sumamente peligroso, la vida es peligrosa.* ¡Traidoras!, escapé de ahí no sin antes tomar tres latas de cerveza alemana del refrigerador, las metí en la bolsa de la chamarra, una *bomber jacket* que compré en 1992 en un puesto de La Lagunilla, lo atendía un anciano, llevaba prendida del pantalón una bolsa de diálisis, ofrecía medallas "originales" de la segunda guerra mundial, todo tan "original" que creer que era cierto te hacía sentir mejor. Un tipo raro, ¿cómo podría ser entonces? ¿Quién vende chaquetas de aviador en un tianguis mugroso mexicano?, las canciones del *Aviador Dro* sonaban ese día en mi cabeza, también alguna vieja canción de Bauhaus. Carajo. El taxista escuchaba música de banda, debí desconfiar y bajarme, acababa de subir cuando me amenazó con un desarmador, tuve que darle todo, la cerveza no la quiso, dijo que tomaba *bukanas*. Camino un poco, por accidente topo un *skatepark*, me detengo buscando tranquilidad. Siento tristeza, los ocupantes: una pasarela de *posers*, no existe rebeldía aquí, todos parecen uniformados, *look* postal. No soy negativo, ni realista, soy un tipo sentimental. Odio la cerveza, es una pena que mi débil hígado ya no soporte otro tipo de bebida, me di en la madre antes de tiempo, *borracho estúpido*, mi abuela tenía razón. Destapé una lata, comencé a beber, al menos no me las quitó, tenemos criminales considerados. No me produjo ninguna emoción ver a los chicos deslizarse, llevaban tenis especiales, parafernalia demasiado fabricada. Todo ha cambiado, existe una urgencia por profesionalizarse hasta en la apariencia. La vagancia es otro asunto, no tiene que ver con marcas de tenis o estereotipos. Bebo, no puedo evitar escuchar sobre un plan para *bombear* el edificio de la Lotería Nacional o

El Caballito, ¿para qué?, ¿por qué no el Monumento a la Revolución?, podrían escribir sobre los murales de Bellas Artes, un lugar sumamente aburrido y gris.

Estoy aquí. Alegres muros pintarrajeados proyectan un espíritu de sobrevalorado *pop*, muros pintados sin *estilo* alguno. No soy depresivo, simplemente siento una profunda tristeza por la rebeldía domesticada de las generaciones que compran pantalones rotos en tiendas. ¿El objetivo? Vender postales humanas. No existe identidad en el acto de comprar un pantalón roto para parecer un tipo roto. No todos los *tramps* que conocí llevaban un pantalón roto, inmundo o viejo. Ser *punk* no es tener una cresta, cabellos de colores o llevar estoperoles en la chamarra y tatuajes. *Cae y llora*, tu voz, la noche es una grieta de lamentos, la rasposa roca de odio que se resquebraja entre recuerdos de alguien que ya no existe.

Vándalos, fucking vándalos. En 1990, la escritura y las piezas en paredes no eran consideradas expresiones de arte, eran menos que cero, catalogadas como vandalismo. El *bombazo* no tenía precio como ahora. Esos años en NYC, cuando *The Originals Writers: original school*, arriesgaban la vida en trenes de peligroso voltaje, ese precioso tiempo: está muerto. Hoy lo llaman *grafitti*, palabra italiana sin identidad, garabatear no era y no es la intención de aquellos niños que ahora son hombres, se hicieron visibles en Brooklyn en aquella década, hijos de la clase obrera, herederos de la rabia, huérfanos andrajosos en una ciudad lujosa de apellido Rockefeller o Trump. Acéptalo: nadie te aceptaba, nadie, ni tus padres. ¿Cuántas veces acabaste pedo en un rincón callejero después de estar en algún bar o ese sitio de rock y blues cerca la Glorieta de los Insurgentes? ¿Cuántas veces te madrearon? ¿Cuántas veces te paró, asaltó y puteó la policía por vestir de negro, por estar maquillado, por llevar falda, botas de tacón, por ser hombre? ¿Cuántas veces te dejaron abandonado tus amigos porque eras un bulto incómodo y drogado? Los brazos tatuados de heroína. No existía ninguna clase de derecho humano o social para ti, eras escoria, drogadicto, puto, puta, vago, vándalo, desarrapado, mierda, perdedor. Hoy no quedan más que sitios disfrazados, antros piojosos atascados de *pijitos*, barras en las que te cobran la cerveza como si estuvieras en La Ópera, sitios sin alma, decorados para aparentar decadencia, mercadotecnia *vintage*. Las *razias* en El Chopo en aquellos años noventa sí que eran una *putiza* segura para los que no alcanzábamos a escondernos en los baños de los locales de las Artesanías Buenavista. Es triste, las escaleras en las que bebimos y nos inyectamos ya no existen. ¿Cuál es la respuesta a los recuerdos? Pasé años refugiado cerca de ahí, en la Biblioteca Vasconcelos, desempleado, tomando agua todo el día para llenar el hueco que ardía por hambre, la muerte en forma de estómago destrozado y ansioso debido a esa adicción a las anfetaminas. Llegaba arrastrándome, en abstinencia, destrozado, saltando de estante en estante, copiando a mano libros que no podía comprar, pensando en la infancia, en todos mis amigos muertos o suicidados por una masa enferma que les machacó la cabeza con golpes bajos hasta asesinarlos. Vincent Van Gogh gozaba de una salud mental casi perfecta. Un mundo que todos los días cree en la felicidad es un mundo enfermo. El optimismo es cáncer en los testículos, pura sobadera mental, *bullshit*. La ilustre hipocresía domina las palabras que utilizan para convencer a otros de que su infierno o paraíso es mejor que el de otros miserables. Vidas, actos, ideologías, religión, filosofía, progreso, éxito, futuro, todo es inútil, pendejos, pobres pendejos.

La piedra, ¿por qué no la traje conmigo?, tal vez porque me gusta abandonar todo, dejar algo es un día menos. Me quedan dos latas. ¿Cuánto tiempo me queda aquí? La primera vez que te vi, estuve seguro, jamás te olvidaría: ese rostro irónico, enfermo, un toque desvalido se borraba con esa sonrisa tan torcida que se iba de lado provocando en tu rostro un desbalance extraordinario. Las líneas de las manos no dicen nada, la gitana y todos se equivocaron: la felicidad existe sólo para los cobardes. Tiro la cerveza sin terminar. Un par de chicos voltea a verme, me aplican la barredora visual. No, no parezco *punk* o *skate*, no parezco nadie porque no soy nadie. Pido chance de patinar, el par se niega, del fondo surge una figura obesa, un *freak*, extiende la patineta. Subo, apenas recuerdo cómo debo hacerlo, *so old*. Mientras me deslizo, se extiende una sombra: el recuerdo de la primaria bilingüe, la inmunda cárcel en la que todas esas larvas normaloides molestaban a Wilheim, Polak e Isabelle. Me llamaban Jabalí por los dientes afilados que asomaban de mis labios en los momentos más extraños, la manada inmunda de *white trash* me molestaba todo el tiempo. Durante una temporada lograron que Jakob se encerrara durante todo el recreo en el baño por temor a las burlas y a un sitio tan asqueroso como el salón de clase: "el hoyo", un bote de basura, sitio en el que confinaban a todos los que no entraban a esas violentas pandillas infantiles conformadas por "buenas personas, buenos alumnos, líderes de grupo, promedio de diez". Los maestros alentaban aquellas burlas, castigando en el recreo al que fuera distinto a ellos; en el cuadro de honor enmarcaban las canalladas de los hijos de puta nacidos en familias de empresarios. Ordenaban y obedecían a su dios: el dinero, a los instintos más torpes que pueden desarrollarse entre cerebros poco privilegiados que llegaban en deslumbrantes autos pagados con la sangre de hombres y mujeres cuyos lomos dolientes un día colapsan, una patada en el culo, el que sigue, todo es desechable, eso les enseñaron. Rebajaban a los profesores a lacayos. En el "hoyo" sometían a la víctima dentro del bote, después, *ellos* orinaban. Jakob Polak no tenía ojo, llevaba un parche, intentaron joderme por ser amigo del que llamaban: "maldito tuerto tísico". ¿Qué hice? Arruinar sus planes: en aquella época me enviaban a clases de contrabajo, quería ser como Lee Rocker o Elvis, aunque mi maestro no tenía la misma idea. Polak y yo, juntos, aprendimos a defendernos con el arco, a orinarlos antes de que nos orinaran. Recuerdo con asco al odioso Shwintd, un pendejo-dientes-podridos con sus mañas de leandro asqueroso lacayo, lamiéndole los *tacones* a la torcida maestra Bárbara, de esa forma se ganaba el cuadro de honor. No nos gustaba nuestro verdadero nombre. Mico, Many, Pelusa y Malo, todos nos conocían como *Los Salvajes*, sí, nosotros, después de ser violentados un 20 de noviembre por los integrantes de la escolta, aventamos a la pinche abanderada por las escaleras frente a una maestra a la que apodamos La Tortuga. El traje blanco rodó, los lentes se rompieron, ella gritaba de dolor mientras alguien reía. Nunca lo olvidé, cuando grites, alguien reirá siempre. Cansado, hambriento, destapo otra cerveza, los labios agrietados arden, la garganta se abre como las noches en las que rodé solo por Insurgentes buscando a *Rancio*, él me daba heroína, también intentaba besarme, no lo logró, se quedaba cerca esperando, respirando en tono de ataque asmático. Tal vez pude besarlo, no me importa, nunca tuve prejuicios de ese tipo, Carson McCullers estaría orgullosa, mi corazón es un cazador solitario. Un dolor recorre mis brazos con viejas marcas, demasiada cerveza, cada trago me acerca a lo que realmente soy. Nadie pudo separarnos, años como cometas, juntos pese a las amenazas familiares. El metro viajaba por toda la ciudad, nuestros padres trabajaban, pagaban a otros para que nos cuidaran, los otros no nos cuidaban. Viajar en el tubo, un deseo que se nos atravesó de forma insistente, una obsesión que Mico (Polak) nos metió en la puta cabeza, empezamos a rayar los vagones con marcadores, queríamos "viajar por todas las mentes posibles", eso lo dijo Isabelle que eligió llamarse Pelusa. Wilheim decidió autonombrarse Many, esa tarde algo se rompió dentro de nosotros, si entendiera qué se rompió no destaparía la última cerveza. Malo, escogí ese apodo porque algunas maestras decían que era malo, "las peleas en patios escolares no son cualquier cosa, pregúntale a Bowie", solía decir Polak, nuestro pequeño tesoro soñaba con ser algo distinto al humano que habitaba su cuerpo, añadía cosas extrañas a la piel, confeccionaba trajes brillantes con aquellas chamarras ochenteras esponjosas de colores vibrantes, usaba papel aluminio para distorsionar la voz. Una mañana llegó nuestra venganza: ahora usaba con orgullo el parche, nuestro *cyborg-glam* tuerto era nuestro *Starman*, *"let all the children boogie"*. Ante la ofensiva, una vez más, como cada día, Polak sonrió orgulloso, levantando el parche mostró aquel hueco a esos tetrápodos que gozaban con el hastío evidente de *Starman*. Cada vez que lo insultaban era inevitable mostrar un poco de sufrimiento. Con un compás dibujó un movimiento, el movimiento de alguien vaciando un ojo, acercó el compás al ojo sano, huyeron. Nadie volvió a molestarlo. Los años nos despedazaron, tiempo de aceptarlo, la realidad como una parvada de pájaros siniestros acabó con nosotros, el ciclo escolar primario llegó al final, nos separó físicamente. Una canción de Iggy Pop suena muy dentro, sigo deslizándome, el chico *freak* sonríe, me parece hermoso, es tiempo de devolverle la patineta, pienso en el libro de Bowie que me regaló Polak, una edición de 1977, su padre admiraba a Jones. La cerveza alemana no es la gran cosa, me gustaría un trago de anís, sentarme en la puerta de las maquinitas de Insurgentes que ya no existen, ahí metía polvo en la lengua, en la nariz, para comprarla no necesitabas salir de ese local. Detesto el polvo, una droga sobrevalorada. Un trago que me acerca a la muerte, cerveza-suicidio, abraza el odio, querido amigo mío, abrázalo, es tan hermoso. Puta muerte de mierda. *Starman* Jakob Polak se estrelló en un auto mientras conducía borracho cuando tenía 19 años, *starman waiting in the sky*, pienso en su sonrisa torcida, empuñando fieramente el arco de mi contrabajo que terminó empeñado, lo perdí como tantas cosas. Polak, igual que Bowie, regresó a su planeta, ojalá alguna noche traiga polvo de estrellas.

UNA TARDE, UNA DAMA

Jaime Mesa

RUTA 70

*J*AIME *M*ESA *estudió en el Instituto Oriente, pero reprobó matemáticas y terminó la secundaria en el Instituto Anáhuac. En Street Fighter era invencible con M. Bison y llegó a usar hasta cuatro pulseras Gummies. Su Trapper Keeper tenía una bella palmera rosa fluorescente.*

CADA AÑO, MI ESCUELA organizaba un torneo interno de ajedrez donde se seleccionaba a dos jugadores que, luego, irían a los regionales para pelear por un lugar para los nacionales. A los 14 años era un orgullo ser parte de esa dupla local. Como no había un patio extenso, ni canchas de basquetbol y mucho menos de futbol, a diferencia de la mayoría de los adolescentes, mi escuela se distinguía por una vocación distinta: participábamos en cualquier tipo de concursos de cuento, oratoria y guitarra. Sin embargo, el ajedrez, ese misterio destinado para los que creíamos más inteligentes, producía a los héroes de la institución. Incapaces de entrenar los cien metros planos, y sabedores de que un cuento lo puede escribir cualquiera, los entrenamientos de ajedrez, a partir de los 10 u 11 años eran legendarios. El profesor Guillermo Sierra tenía fama de despiadado y era muy estricto en su selección. El primer viernes de cada semestre acomodaba cinco tableros en uno de los salones más amplios y abría la convocatoria a quien quisiera participar. Como un guardián del orden, se paseaba por los estrechos corredores que formaban las mesas dispuestas en una suerte de rectángulo en el centro del salón. Casi nunca se detenía ante una partida porque la mayoría de las veces eran luchas inútiles de intercambio de piezas que atraían un jaque mate de chiripa. Ganaba el menos malo o el que su abuelito le había enseñado cómo matar con dos torres o a coronar una dama. El nivel general era bajo, pero siempre lo ha sido en los deportes de élite, en donde, sin embargo, los garbanzos de a libra relucen como pepitas de oro en el fondo del río. Un peón fuerte en la apertura, un caballo que ataca y defiende a la vez, una combinación inesperada y, muy de vez en cuando, un sacrificio para conseguir que el rey contrario se confíe y salga de su guarida. "El ajedrez es inspiración y talento...", nos decía Sierra tres veces a la semana, después de clases, cuando nos enseñaba movimientos y nos ponía a jugar. Por lo general, el equipo era de diez jugadores, e iba renovándose conforme los graduados, los expulsados o los alumnos a quienes sus papás cambiaban de escuela por múltiples razones renunciaban al privilegio, sin querer.

Cuando conocí a Rubicel Saucedo ambos teníamos 13 años. Era mi primer año en esa escuela y él había cursado desde sección maternal. Yo había recibido clases durante dos veranos, pero era un jugador inconstante que, aunque estudiaba partidas a solas, casi nunca tenía con quién jugar y, para ser sinceros, le daba prioridad a la televisión, los videojuegos o a leer. Pero, desde el principio, me habían dicho, demostraba un "ataque salvaje y violento" cuando me lo proponía. De alguna forma cumplía con el primer requisito que Sierra buscaba: intuición.

Recuerdo que el día del *scouting* acudí con mi ajedrez de madera. Conservé mi entusiasmo aun cuando todos me miraron por encima del hombro y de veinte maneras despectivas por atreverme a llevar un equipo tan primario y que demostraba mi poco oficio. Todos saben, luego lo descubrí, que las piezas artesanales, cuyo estuche, también de madera, es a su vez un tablero, no tienen el balance adecuado y se caen ante la menor provocación. Pero yo había aprendido con ese ajedrez y, aunque no me dejaron usarlo, me daba seguridad. Perdí la primera partida y también la segunda. Sin embargo, en un momento del medio juego, quizá por un arrebato adolescente o por desesperación, decidí atacar el flanco derecho con un sacrificio de torre, mientras los alfiles apuntaban a distancia. Fue algo brusco e inesperado y a mi contrincante le costó trabajo recomponer el orden, pero al final su experiencia pudo más y me derrotó. "Perdiste calidad", se dice cuando te comen una torre o la cambias por una pieza de menor valor, como un caballo. Mi decepción se demostró cuando guardaba las piezas y, sin despedirme, me dirigí hacia la puerta. Entonces Sierra me llamó y me dijo que esperara. "Un regaño", pensé. Al cabo de unos minutos, me dijo: "Ven, juega una partida con Rubicel". Yo había seguido la carrera de Bobby Fischer y estaba entusiasmado con su locura. En ese tiempo pensaba que su genio provenía de ella. Rubicel tenía la misma complexión que Bobby Fischer, que es la que muchos esperan de un jugador de ajedrez: delgado, elegante, con los huesos muy pronunciados en el rostro y las manos, y con mirada de ave de rapiña. Además, Rubicel era moreno y casi enano, así que adquiría un desplante casi maligno, como un diablillo que espera en el fondo de la cueva mientras come carne humana. Su rostro era el de un hombre maduro aunque la limpieza y lozanía de la piel lo contradecían. Antes del torneo me habían hablado de él: era el mejor desde que había empezado a jugar, el consentido de Sierra, el que, año con año, representaba al estado en los nacionales y, por si no fuera suficiente, había pasado un semestre en Moscú perfeccionando su juego. Sierra decía: "no pienses en la experiencia ni en los premios de tu oponente ni en que es mejor; eso es lo que te hace perder". Pero yo no podía evitarlo.

Esa vez y en el año que le siguió, cada vez que participé en un torneo, no dejaba de enterarme de las medallas de mi adversario y partir de ahí para predecir el resultado. Siempre acerté: los mejores me ganaban, a los peores yo les ganaba y con la gente de mi nivel era un volado.

Rubicel Saucedo me destruyó en la primera partida que jugamos. La potencia de sus jugadas, la proyección diáfana vislumbrada en sus ojos de lo que haría veinte movimientos después, la seguridad casi perezosa, de sus manos sobre el mentón cuando pensaba, o la serenidad cuando decía: "jaque" eran sólo la punta del iceberg de su experiencia. Estoy seguro de que, aunque no me lo dijo, Sierra sabía que Rubicel iba a jugar en Primera Fuerza en unos años. Mi defensa alargó una o dos jugadas el final, pero no me doblegué hasta que el "jaque mate" fue impostergable. No me rendí tampoco, como había visto a muchos otros jugadores hacer para evitar la vergüenza cuando era inminente la caída del rey. Yo siempre había pensado que rendirse en cualquier momento era una pérdida de la dignidad. Aunque me habían derrotado, la belleza de los movimientos de Rubicel eran mi premio de consolación. Sin sonreír pero alegre, me levanté y le extendí la mano. Sierra, que no se había movido ni un instante, me miró y con severidad, una severidad ya no de extraños sino familiar, me dijo que me esperaba el lunes, luego de clases. Había logrado una invitación para el equipo y fui feliz ese fin de semana.

Las clases de ajedrez eran divertidas. Descontando el mal humor de Sierra cuando nuestra memoria fallaba y no aplicábamos lo visto en los ejercicios o cuando perdíamos por una distracción y no por un mal juego, recuerdo con alegría aquellas tardes. Sierra había conseguido un salón que decoró con fotos de los más grandes ajedrecistas de todos los tiempos. Los de moda eran Karpov y Kasparov, ambos rusos pero el primero más cercano a lo soviético y el segundo americanizado. No sé si por mi madre y sus ideas sobre Cuba y el Comandante, pero en la lucha de "quién pides ser" que cualquier niño incluye en sus juegos para darles realce, me inclinaba hacia Karpov. Yo era el ruso inamovible en sus convicciones, más clásico, más honesto con su cultura. Como mis compañeros estaban más entusiasmados con las hazañas de Kasparov alrededor del mundo y con esa actitud "cool" que mostraba en las fotos, a diferencia de la rigidez de la mueca de Karpov habitualmente ganaba. Así que todas mis partidas en la escuela fueron una lucha entre Rusia y un traidor que quería sentirse norteamericano. Era un orgullo cuando ganaba porque me sentía la encarnación de David frente a Goliath.

Con Rubicel no mantuve una relación de amistad, aunque continuamente nos encontrábamos en torneos fuera de la escuela, patrocinados por marcas de leche o juguetes, y vernos era una manera de establecer la bandera escolar en el campo de batalla y sacar la casta por nuestro maestro. Nos enfrentamos muchas veces y, por lo general, yo perdía. Él ganaba los torneos y a mí me iba bien con mis terceros o quintos lugares. No estaba mal para alguien que no le dedicaba todo el día como sí lo hacía Rubicel.

Por supuesto que mi ilusión era irme a un nacional. Viajar solo con un equipo, pasar una semana jugando, quizá al lado de una playa, sin el rigor familiar y haciendo algo que en ese momento me gustaba bastante. Había historias fantásticas que se contaban de los torneos. Y por si fuera poco, además del hotel y las comidas te daban dinero para gastos menores. Creo que lo que más me llamaba la atención era la habitación del hotel, viendo horas de televisión que parecían interminables, y comiendo montones de pizza o hamburguesas. Con eso soñaba. Creo que el sabor de la victoria en espíritus jóvenes es una noción poco reveladora. ¿Ganar, perder? Casi no había nada en riesgo más que horas de práctica, de jugar, y, claro, ver tu foto en el cuadro de honor de la oficina de la directora. Pero me parece que a esa edad uno no se miente demasiado y reconoce sus límites. Es decir: sabes qué puedes esperar. Sabes a quién le puedes ganar y a quién no. Lo peor que te puede pasar, en todo caso, es cuando un desconocido en un torneo te gana, alguien que viene de una escuela lejana, que ni siquiera tiene medallas, pero que, incluso, con una serie de movimientos erráticos y sin teoría previa, vence a tu rey.

Mi nivel llegó a ser bastante bueno. Yo sentía que Sierra estaba orgulloso de sus dos mejores alumnos: la frialdad de máquina, la solidez dura y definitiva de Rubicel, y la imaginación e intuición violenta que yo tenía. Supongo que si hubiéramos sido un solo jugador, habríamos sido invencibles.

Cuando llegó el siguiente torneo interno para ir a los regionales, estaba tan cantando que el uno y dos los encarnaríamos Rubicel y yo, que me volví una suerte de escudero. En cada final local o regional que él disputó yo estuve presente como espectador. Sufría en los momentos tensos y me alegraba hasta el aplauso cuando, después de una evolución brillante, él ganaba ante la sorpresa de su oponente.

Otro punto a favor de ser seleccionado por nuestra escuela para los regionales es que faltábamos a clase. El torneo se disputaba entre semana y eran dos o tres días de encuentros. Aunque le decían regional, venían a la ciudad escuelas de todo el estado y en algún momento podíamos ser unos cien competidores de todos los rangos que sólo éramos agrupados por edad. Competíamos por dos lugares, aunque los 99 a la par de Rubicel competíamos por uno porque, ya casi todos lo sabíamos, él se llevaría el primero.

El sistema del torneo implicaba unas cinco partidas, cada una de cincuenta jugadas por dos horas. Sierra estaba asombrado por mi paciencia, yo era capaz de pasarme seis horas sentado, cuando la partida se alargaba, ya fuera por el buen juego o por las técnicas coyoteras de muchos que, aunque sabían la jugada, trataban de vencer al contrincante por desesperación. Los que ganaban la primera ronda se enfrentaban con los perdedores y así hasta el final. Cada partida ganada te daba un punto y los empates medio.

Recuerdo que gané mi primera y perdí mi segunda. Empaté la siguiente y la cuarta la gané. A veces, en los intermedios, podíamos comer una torta mientras esperábamos el milagro, un lance de dados afortunado. Esto se traducía en que algún competidor fuerte perdiera la ronda anterior y el otro, quien había ganado casi por suerte, se enfrentara contigo. Es decir: jugabas con el mediocre que había ganado. Eso te daba un respiro y alargaba la esperanza de llegar a la final. Juntos experimentamos miles de posibles combinaciones. "El del Americano está ganando contra el del Centro Escolar. Si gana, el del Oriente lo enfrentará y entonces ya lo libramos en la siguiente ronda", o "el del Centro Escolar ganó, ahora te toca el más fuerte en la que viene. Ya perdiste".

Esperando el anuncio de mi quinta partida, la última, yo me había refugiado en la cafetería. Mi madre me había mandado con dinero suficiente y pude tomarme una malteada además de mi torta. Estaba feliz. Me entusiasmaba, además, la idea de que yo tenía dos puntos y medio y la última ronda me tocaba con un perdedor, pues había ganado mi última. Si por un giro sorpresivo de la suerte lograba vencer, mis dos puntos y medio podrían darme uno de los dos boletos. Creo que fue un compañero de una escuela vecina, o alguien por el estilo, el que entró a buscarme a la cafetería para anunciarme mi fortuna. Se veía nervioso, compungido, como si su destino estuviera en juego. "Te toca con Rubicel...". Cerré los ojos para recomponer la realidad y al abrirlos seguí sin entender. "Es que perdió la anterior. No sé si a propósito para que le tocara un débil, pero te toca con Rubicel..." y fue tal mi angustia que dejé de comer. Supongo que ahí, por primera vez, entendí el efecto dañino que produce crearse falsas expectativas basadas en la suerte. Mi posibilidad, bastante razonable, se había evaporado. Cuando llegué al gran salón vi las rondas en una columna: Rubicel tenía tres puntos, había perdido una por abandono (no recordaba si era la segunda o la tercera, porque casi nunca lo había visto perder) y la cuarta.

Sólo tenía que vencerme para tener cuatro puntos y pasar en primer lugar. Había varios jugadores con dos puntos, uno con tres y medio, así que mi suerte estaba echada. Por su *rating* (el número general de ganados y perdidos), aunque empatara con cuatro puntos con otros, él pasaría. Me acerqué a una bolita de jugadores y guardaron silencio. Me miraban con espanto, quizá porque mi confianza y alegría habían estado presentes desde el principio, y un par de veces había alardeado de mis posibilidades; caray, éramos niños y podíamos hacerlo sin dobles interpretaciones. Estaban haciendo el conteo de los puntos. Rubicel debía ganarme para pasar en primer lugar, como ya dije, con cuatro puntos. Uno de tres puntos se había retirado porque la nariz le había empezado a sangrar y el resto estaba como yo: con dos o dos y medio puntos. Era un pelotón y muchos podrían conseguir al menos medio punto. Nadie lo dijo, pero mi cruz eran los dos puntos y medio con los que seguramente terminaría el torneo. Sierra nos llamó a Rubicel y a mí, nos contó una anécdota que no recuerdo, nos palmeó la espalda y nos dijo que estaba orgulloso. Me miró, sé que lo hizo, como con una lástima paterna: llena de cariño, pero también de resignación. A mí me quedaba un año más en la escuela y Rubicel estaba por graduarse. "Es lo justo, ya será el próximo año", me pareció advertir en la mirada de Sierra.

A diferencia de otros años, esa vez no había sido en una escuela. Estábamos en un complejo deportivo, instalados en el lobby, muy amplio y circundado por ventanales que daban a una alberca y a un lado de la cafetería. Se lograba una buena atmósfera y el espacio, a pesar de la cercanía con el barullo, nos mantenía alejados del ruido. Las mesas formaban una fila alargada y a nosotros nos tocó más o menos en medio, a cinco metros de los baños. Las piezas ya estaban dispuestas, las acomodamos un poco y en silencio apuntamos el número de tablero, de partida y nuestros nombres en las papeletas donde escribíamos nuestras jugadas con notaciones, que me parecían muy curiosas,: "Blancas: P4R", "Negras: P4R", es decir, la apertura clásica de peón que avanza cuatro casillas en la columna del rey. Yo llevaba una pluma que me había regalado mi padre para la ocasión y demostré una soltura impecable, a la hora de estrechar la mano de Rubicel, mirarlo a los ojos y hacer el movimiento inicial. Apreté el botón del reloj con la mano derecha. Con calma fui esperando el eco de Rubicel y, de acuerdo con su actitud, fui planeando una estrategia. A veces me asomaba a las otras mesas para distraerme un poco, o buscaba a Sierra que había decidido no presenciar el enfrentamiento de sus dos mejores alumnos, quizá para obviar la necesaria derrota. Mi escuela iba a ganar y a perder por azares del destino. Eso era seguro.

Soy capaz de mantener la serenidad ante la presión de una partida de ajedrez. Por más sangre que se riegue, por más errores que cometa, mi actitud era la misma: un control absoluto, una respiración calmada y una soltura discreta pero sólida para mover las piezas. Tiraba y anotaba la jugada. Rubicel mantenía casi todo el tiempo los brazos cruzados sobre la mesa, mientras que yo sostenía parcialmente la cabeza sobre mi mano izquierda. No lo he dicho, pero soy un tipo alto, lo he sido desde niño, así que nos veíamos como una suerte de David y Goliath aparatosamente vistosos. Él era muy pequeño y yo un adolescente con complexión de adulto. Enfrentados sobre el tablero nos veíamos como una caricatura. Alguna vez un juez cuestionó mi edad y Sierra salió en mi defensa. "Qué culpa tiene el joven de no jugar basquetbol y ser bueno para el ajedrez", les dijo.

Logré una buena concentración, aunque me dediqué a pensar en la cena o en la posibilidad de terminar temprano e irme a jugar videojuegos. No era una partida de trámite y yo había evitado pensar en las medallas de Rubicel y en que era un jugador muy fuerte, como solía hacer. Había un dejo de desilusión en mi interior, pero, bueno, había logrado hacer un buen torneo.

Sucedió como a la hora y media de la partida. El movimiento fue igual de natural y seguro. Dejó la pieza para programar un ataque con total soltura. Yo seguí unos segundos inmerso en su ritmo, en la certeza de la posición de sus piezas, hasta que descubrí su equivocación. Ahora lo recuerdo con tantas sensaciones, me pasa cuando lo cuento y llego a este punto, pero quiero creer que ambos lo descubrimos al mismo tiempo. Me da la razón que a los seis o siete segundos, ya cuando su dama estaba bien colocada en medio del tablero y era imposible regresar el tiempo, vi su mano en un mismo acto avanzar y detenerse. Luego fue su quijada, que vi como parte de un panorama general, aunque mis ojos estaban clavados en la diagonal hermosa que conectaba a mi alfil con su dama. Rubicel Saucedo se había equivocado. No sé si harto de su seguridad, aburrido por la partida o seguro de su planteamiento, había llevado a su dama al flanco de mi rey para preparar el ataque final. Todo estaba bien, pero allá atrás, escondido detrás de los peones, silencioso y a oscuras, reposaba desde las primeras jugadas mi alfil asesino. Para quien no lo sepa, los alfiles sólo pueden avanzar y atacar en diagonal. Ni siquiera cuando estuve seguro del error y de mi ventaja lo pude creer. Me tardé unos diez minutos analizando la situación, buscando un engaño escondido, pensando que poner su dama en riesgo era un anzuelo para una jugada magistral que confiaba en mi avaricia. Revisé cada casilla, cada jugada pasada y futura. Centré mi atención en mi rey y su guarida, hasta que estuve seguro de que nadie, más que la ahora indefensa dama, lo atacaba. Entonces, como si toda mi vida hubiera estado preparándome para ese instante, levanté mi alfil, avancé con cautela los cinco o seis escaques y tomé con miedo su dama. La maté. La puse a un lado, en donde estaban acomodadas otras piezas menores y, aún a la defensiva, confiado en que venía un contraataque fulminante, esperé la respuesta. Miré a Rubicel y su rostro pálido me confirmó la intuición. Aquello no era parte de un plan maestro, era un tremendo y desgraciado error. Sé que, de haber querido, Rubicel podría haber argumentado algo, decirme que si podía regresar la jugada, arriesgarse a anteponer su jerarquía para pedirme, con toda decencia, un desandar los pasos. Probablemente, nos habían enseñado que el ajedrez era un juego de caballeros, yo habría aceptado. Pero no lo hizo. Se quedó en silencio, moviendo la quijada como un robot arrepentido y se tomó unos diez minutos para calmarse y replantear su estrategia. Hasta ese momento estábamos iguales en cuanto a piezas y terreno ganados, pero ahora yo tenía una dama de más, y eso, para quien no está familiarizado, equivale a enfrentar a un grupo armado con palos y piedras, contra un comando con armas automáticas.

Lo esperado ocurrió. Rubicel recuperó la compostura, hizo acopio de toda su experiencia y armó un ataque total. A veces, esto lo sabe cualquier jugador, la ventaja es una desventaja. Debes olvidar que lo superas en proporción y aprovechar sabiamente lo ganado porque de lo contrario la obsesión y proyección de la victoria te pueden destruir. Así que tuve que lidiar con los nervios que, incluso, hicieron que no pudiera seguir apuntando las jugadas, me temblaban las manos, me faltaba la respiración, y sentí que no podría repeler el ataque. Rubicel cambió la situación en poco tiempo y mi dama de más se volvió sólo un domo para defenderme. No pude atacar aunque lo intenté. El tiempo se iba consumiendo en el reloj y, como pude, fui obligándolo a cambiar piezas. Sierra nos había advertido que cuando tienes una superioridad lo más conveniente era simplificar el juego, es decir, limpiar el terreno para que la ventaja reluzca y no se camufle entre la multitud de piezas. Mientras avanzábamos yo no sentía que iba ganando, al contrario. Enfrenté un miedo descomunal incluso cuando a diez jugadas de la victoria fui cazando a su rey, lo cerqué y dije con voz apagada y tímida: "jaque mate". Fingí que había recuperado el control e hice un garabato final en la papeleta. Le di la mano a Rubicel que estaba devastado dentro de su pequeño cuerpo, y que, demacrado, se dedicó a observar el episodio final. A pesar de todos sus esfuerzos, de sus años entrenando, de su conocimiento inaudito, una dama de más es un bombardero contundente hasta en manos de un jugador con chispazos brillantes, pero mediano como yo. Me levanté, recogí la papeleta, mi pluma y puse el reloj en ceros. Una a una fue devolviendo mis piezas a la caja que estaba a un lado de la mesa. Antes había llegado el juez, vio la distribución de las piezas, nos preguntó si estábamos conformes con el resultado y luego de apuntarlo en una libreta se había ido a ver otros tableros. Caminé sin sentir nada, traspasé la puerta de cristal, la abrí con un movimiento delicado, casi sin fuerza, y me detuve a la orilla de la alberca olímpica que se presentaba enorme, azul y abismal. Empecé a respirar, metí suficiente aire a mis pulmones para aguantar una inmersión profunda y miré hacia el horizonte sintiéndome un conquistador. Los nervios habían fracasado en su invasión y me quedé en silencio varios minutos. No había necesidad de hacer muchas cuentas, aunque al final del evento alguien se encargó de hacerlas. Rubicel había quedado fuera, alguien más, que había ganado, era segundo lugar y yo había logrado tres puntos y medio pero, al derrotar al jugador con más *rating* del torneo, obtuve el primer lugar. Debo decir que el segundo lugar me habría bastado.

Sentí que alguien me tocaba el hombro y vi a Sierra. Se había colocado junto a mí, con los brazos cruzados, y también miraba hacia el horizonte. Desde la distancia había confundido mi caminar con una huida luego de que me había levantado, y me dijo: "No pasa nada. Ya será el siguiente año", hizo una pausa, supongo que estudiaba la estrategia para calmar a su alumno, "¿Cómo fue?", me preguntó, como cortesía antes de ponerse a buscar a Rubicel. Entonces, de manera teatral y delirante, me volví hacia él y le dije: "Gané... yo le gané", y noté cómo la segunda vez la voz se me quebraba. Me miró, primero sin entender y, en segundos, asombrado. Se quedó unos momentos en silencio, medio vi un ligero indicio de sonrisa y me dijo: "A ver, enséñame...". Yo empecé a despertar del sueño y caminamos hacia el tablero. Él acomodó las piezas, saqué la papeleta arrugada de mi bolsillo y fui copiando los movimientos ante el error fatal. "Él sólo dejó la dama ahí... fue un descuido..." Miró la posición y empezó a sonreír plenamente. "¿Y cómo ganaste...?", ya más calmado hizo que le explicara la manera en que había convertido mi ventaja en el triunfo. Lo vi lleno de orgullo, como si hubiera presenciado una buena acción, la manera en que un joven le ayuda a una anciana a cruzar una calle o a cargar las bolsas del supermercado. "La belleza fue después, cuando aguantaste con madurez su ataque desesperado y no abusaste de tu fuerza...", me dijo. El amplio salón poco a poco se fue quedando desierto. Un par de mesas aún seguían en la batalla y alguien estaría colocándose en el décimo o en el quinto lugar, alguien por allá estaría satisfecho con su logro, pensando que el siguiente año habría una nueva oportunidad. El silencio era una escolta afortunada. Aunque por lo general hay jueces y hacen sus cuentas, nadie anuncia a los ganadores. Quien gana y quien pierde son cosas que se van sabiendo, a veces, desde el principio. Es un resultado que se anuncia en susurros colectivos, una voz coral que poco a poco va quitando nombres o poniendo otros, adjudicando los distintos niveles de la victoria.

En los próximos torneos la historia tendrá nuevos episodios y se contará sin visos de envidia, más bien con una generosidad inusitada en la adolescencia, que irá configurando la lista última, el resultado final. Otros mirarán con ilusión al que, por miles de pequeñas sutilezas, se convirtió en el ganador, en el representante en el campeonato nacional. De estas historias, en las que aún nadie descifra el significado real de perder o ganar, están construidas la infancia y la adolescencia. Y esa vez me tocó a mí.

EL PUESTO

Antonio Ramos Revillas

Antonio Ramos Revillas. Secundaria núm. 33 "Profesor Emeterio Lozano Martínez". Amaba los huaraches con suela de llanta, los gorros africanos que se pusieron de moda por el rap y los Diskman.

Los maestros que por casualidad quedaban a cargo del sexto B de la escuela matutina federal Coronel Fausto Domínguez tenían, por lo general, mala suerte. La escuela, cuyo alumnado estaba compuesto por chicos y chicas de los barrios cercanos, de clase media baja, integrada en su mayoría por oficinistas, empleados del servicio postal y empleados de la inmensa fábrica de acero que se extendía a lo largo de las callejuelas mal asfaltadas, tampoco podía decirse que fuera la joya de la sección. Estaba montada en un largo edificio dividido en dos secciones de 14 salones de ventanas altas que no dejaban pasar con facilidad la luz del día y puertas metálicas cuya pintura era venenosa, según se supo años después. Las oficinas de la dirección, separadas de la nave principal por un pequeño pasillo —con una arcada que era, a lo sumo, la parte más digna de la escuela, ya que las columnas de estilo frigio ofrecían un espacio inédito en donde los chicos solían perseguirse a la hora del receso mientras que otros tantos se echaban en las bases para recargarse en ellas—, contaban con todas las comodidades posibles: aire acondicionado, teléfono y silencio. A un costado se encontraba una exigua sala de maestros.

El salón del sexto B se hallaba en el edificio norte, donde se alojaban los grados de primaria alta. Si no fuera por el sexto C, se hubiera encontrado justo en la esquina de la construcción. La mala suerte de sus maestros era una leyenda popular con fuertes documentos probatorios. La leyenda dice que todo inició con la maestra Carmona, quien tras hacerse cargo del grupo desarrolló un cáncer muy agresivo que en menos de un año la llevó a la tumba.

Mientras la maestra Carmona se encontraba en sus primeros meses de permiso por enfermedad, el profesor Zertuche se hizo cargo y se rompió un pie mientras iba en auxilio de un chico de siete años que se había quedado atrapado en uno de los juegos. El pie se le hizo trizas justo en el empeine y le crujió hasta el tobillo, que tuvo que usar para siempre una pieza metálica exterior para darle solidez. El dictamen: el terreno irregular que rodeaba la escuela ya había cobrado varios esguinces y fracturas, pero ninguna tan aparatosa como la del maestro.

Tras el permiso del maestro Zertuche y mientras aún vivía la maestra Carmona, la joven profesora Lilibeth Osuna se hizo cargo del grupo con fatales consecuencias. Una noche, mientras volvía a casa después de una fiesta, un conductor borracho impactó su coche contra el de ella causándole a la chica de 26 años una muerte instantánea. Toda la escuela asistió al funeral y el cortejo fúnebre fue de los más numerosos en la historia de la colonia. La maestra Lilibeth era, además, estudiante de la carrera de danza en la Facultad de Artes Escénicas y, se dice, estaba por debutar en el teatro de la ciudad.

El siguiente maestro no duró demasiado tiempo a cargo de los alumnos. Era de una frágil constitución física. Se resfriaba con facilidad y el aire frío en estas zonas altas puede ser perjudicial si una gripe normal no se cuida. En descargo de la maldición del sexto B, el profesor Livino había llegado enfermo el primer día de clases, e incluso la clase de Historia estuvo más aderezada por estornudos que por datos sobre la Primera Guerra Mundial, tema que se veía ese mes. Al menos aún podía decir que gozaba de salud, puesto que la bronconeumonía posterior lo obligó a dejar estas tierras para pasar su vida en zonas más cálidas. Lo malo fue que su novia no lo acompañó, aunque tenían planes de casamiento, éste no se concretó porque la futura señora Juárez no podía dejar sola a su madre, aquejada por el alzheimer.

Fue ese mes de abril, cuando murió la maestra Carmona, y yo me presenté para tomar el cargo del grupo maldito en la Escuela Federal Matutina "Coronel Fausto Domínguez". Tenía casi tres años de haber salido de la Normal y en ese tiempo no había contado con suficiente buena suerte para tomar un empleo en la Secretaría de Educación, en parte porque al maestro López, líder del sindicato, le había caído mal una vez que lo cuestioné cuando nos visitó en la escuela para invitarnos al mentado sindicato. Eso, o yo era un pésimo maestro, según mis notas como egresado, que me habían mantenido lejos de cualquier posibilidad de pedir orden a mis educandos.

Dicho de una vez, acepté el trabajo por hambre. Mi primera medida fue asistir a los funerales de la maestra Carmona, ya que estaba en la dirección cuando la señora directora recibió la llamada que le notificó que al fin había muerto. La directora empezó a llorar y se disculpó por ello. "Su antecesora", dijo una vez que se limpió las lágrimas con unos pañuelos de algodón que guardaba en uno de los cajones de su escritorio. "Veo como una forma de prevención que sepa lo que ha ocurrido con los maestros anteriores en ese cargo", me señaló también y ahí fue cuando me contó todo lo que ahora ustedes saben. Pregunté la dirección donde serían los servicios fúnebres, más por curiosidad que por miedo y por la tarde me presenté al velorio como una muestra de inútil agradecimiento, culpa de la educación que me dieron mis padres y que en más de una ocasión me ha metido en problemas, pero también porque en el transcurso de la tarde no había dejado de imaginar mis futuras desgracias.

No conocía a ninguno de los deudos, pero les di el pésame a quienes veía más afectados por la pérdida y así me fui acercando hasta el ataúd. La piel de la maestra Carmona parecía de papel, de uno muy delgado que me permitía ver el mapa de las venas. La mujer no era tan grande de edad, le calculé unos cincuenta y tantos años, próxima a jubilarse. Su piel apergaminada por el dolor tenía una mancha excesiva de colorete que intentaba regresar la vida a ese rostro dormido. Quise acercarme un poco más, para ver con más atención el cuerpo, cuando misteriosamente una de las cruces que rodeaba el féretro se tambaleó y se cayó. La piel se me puso de gallina. Me puse rígido porque en ese momento todos volvieron a verme. Acto seguido un hombre, como de unos treinta y cinco años, se acercó horrorizado, levantó la cruz y me dirigió una mirada fiera, como si yo hubiera puesto el cáncer en el pulmón de la maestra.

Cuando salí tenía demasiada hambre, así que me detuve en uno de los puestos de comida casera que están en el cruce de Rodríguez y Cázares. El olor de la morcilla frita, de los bisteces a la plancha y las sopas con mucha pimienta, estrategia cuando no se tienen manos hábiles para cocinar, se apoderó de mí de inmediato y terminé cenando más de la cuenta.

Por la noche, las morcillas fritas, las salsas de tomate y la cantidad industrial de pan que había comido me produjeron pesadillas. Soñé que el largo camino entre las columnas frigias de la escuela conducía al infierno. En una extensa pasarela una fila de maestros malditos se burlaban de mí con sus bocas desdentadas, y sus cabezas cubiertas por largas cabelleras canosas. Ahí estaba la maestra Carmona, justo en el centro, con la directora de la escuela. Curiosamente estaban desnudas y podía ver que sus cuerpos terminaban en patas de perros belga malinois. Cerca de ellas, el maestro López, del sindicato, daba una larga conferencia sobre las bondades de regresar a las palizas a los niños para que aprendieran a obedecer a sus maestros. El camino me conducía hasta el salón de sexto B, que no había podido ver hasta ahora, en el cual los pupitres tenían bocas con colmillos afiladísimos. Los niños eran unos pesados que a cada rato me amenazaban con decirle a sus papás que les pegaba. Ni qué decir de mi escritorio y mi sillón de maestro que contaba con una navaja que salía de la sentadera, dispuesta para horadar mis entrañas.

Cuando desperté tenía la boca asedada por la saliva que había dejado una mancha en la almohada. Me asomé por la ventana y aún era de noche. Me preparé lo más rápido que pude, desayuné un poco de café y un huevo frito en aceite con unas rodajas de jamón. Tiré la comida que, goloso, había pedido para llevar de la cena de la noche anterior. Yo quería ser maestro porque la paga era, si al menos no tan buena, constante. Porque las jornadas de trabajo matutinas te permitían toda la tarde libre. Porque si uno le encontraba el modo, podía, sé que es estúpidamente ingenuo de mi parte decirlo, ser parte integral de la vida de toda una generación.

Así que salí de casa con esa certeza; la de enfrentarme a lo que fuera, la de dejar atrás la mala suerte para siempre. Abordé el camión que no tardó en llevarme hasta el centro de la ciudad y ahí tomé otro que me dejó afuera de la escuela, minutos antes de las siete de la mañana. Me presenté en la dirección y la secretaria, una mujer menudita en la que no había reparado mucho el día anterior, me indicó que esperara, que al momento de hacer los honores a la bandera la directora me presentaría con el resto de la escuela. Vi a varias maestras y maestros que pasaban frente a la dirección y me observaban de reojo, o al cadáver en que podría convertirme. Yo, en su lugar, habría hecho una quiniela para saber de qué iba a morir: si fallecería electrocutado, si terminaría cojo, si la ceguera abrasaría mis pupilas con su seda oscura.

A las siete en punto sonó el timbre general que retumbó en mis nervios por primera o última vez. Las manos me sudaron. Recordé mi sueño y delgadas navajas empezaron a tasajear la parte interna de mis piernas. Me levanté y me dirigí a la puerta: desde ahí se veía el descampado frente a la escuela, el viejo edificio gemelo con sus ventanas altas y un sencillo templete. La mañana, fría. Un ejército de niños se acomodó frente al pequeño solar donde se erigía el templete. Allá estaba la directora, y desde allá la vi con sus pezuñas de belga malinois. Hizo un ademán para que me acercara. El resto de mis compañeros estaban ya al frente de las filas con sus grupos. Todos serios, como si estuvieran ante un funeral. Me acomodé frente a la directora y al fin, después de anunciar que el maestro Livino había tenido que retirarse de la ciudad, el sindicato —López me había propuesto para cubrir la vacante— había encontrado en mí, Fidencio Fuentes, un suplente que, si llegaba al fin del año escolar, podría quedarse de manera definitiva a cargo del grupo. Los alumnos aplaudieron a una señal y los maestros se miraron entre sí, no sé si preocupados o sencillamente aburridos.

Al fin bajé y me acomodé al frente de mi grupo. Empezaron a moverse las filas y a entrar a sus respectivas aulas. Yo avancé con mis chicos y chicas después de indicarles que se movieran. Rodeamos el pasillo siempre atrás del sexto C que era el último en entrar a su salón. Cuando llegamos, me quedé frente a la puerta y vi pasar a cada uno de mis futuros traidores: eran chicos y chicas de once o doce años, desmañados; pocos vestían el uniforme bien planchado y llevaban el cabello engominado. Cuando el último niño entró noté que las pupilas de sus ojos eran casi blancas, una nevada incierta en un campo de frijoles. Tal vez si daba la clase desde el pasillo nada me ocurriría, pero vi que los alumnos se quedaron de pie frente a sus pupitres, esperando mis indicaciones para sentarse.

Tampoco espero vivir muchos años. La vejez me asusta. Los viejos, en general, me parecen personas tristes. A lo que sí le tengo miedo es al dolor cuando acude a ti en sitios de tu cuerpo que ningún escalpelo puede alcanzar. Le tengo miedo a los meses en los que intentas curarte, pero sabes que la muerte tiene andado ya su trayecto y a veces es mejor dejarla avanzar.

"Maldito López", pensé cuando al fin entré al salón y dejé mis libros sobre el escritorio y, por no dejar, decidí no sentarme. Observé a los chicos y pensé en cuál de ellos sería el demonio. Cuál de ellos maquinaría contra mí. Puse atención en las paredes sucias, donde había retratos de los héroes de la patria que parecían burlarse. Los chicos aguardaban de pie. Suspiré profundamente y noté que, en la parte superior del pizarrón, estaba el nombre de la maestra Asunción Carmona escrito con letras rojas. Ningún maestro había quitado esas grafías malditas. En suma, no sabemos cuándo habremos de morir. Ni bajo qué circunstancia. Acaso la vida es la maldición más compleja que tenemos y la vemos como una bendición. "Me llamo Fidencio Fuentes Guzmán", les dije a los chicos, "ya pueden sentarse, vamos a empezar". Y dicho eso, la estampa gigante de nuestro mayor héroe de guerra, el viejo coronel Fausto Domínguez, fusilado por su tropa, se cayó de la pared.

PIE DE PIÑA

Daniela Tarazona

DANIELA TARAZONA estudió en el Instituto Escuela, a pesar de que se llama así. Allí se alimentaba de Platívolos Marinela y en primero de secundaria tuvo una carpeta Trapper Keeper de gatitos.

Al humo

Dᴇsᴅᴇ sᴜ ᴄᴀᴍᴀ ᴠᴇíᴀ ᴇʟ ᴛʀᴏɴᴄᴏ alto del pirul y escuchaba los pájaros. Atardecía. Tenía los dedos largos y abrazados a la almohada parecían dos estilizados cangrejos. El pelo delgado sobre su cráneo avisaba que, años después, iba a desprenderse. Se quedaría calvo. Ahora era joven, tan joven que no sabía a qué dedicarle el tiempo de soledad que le parecía infinito. Nadie estaba en su casa nunca. Sí los hermanos, también el padre y la madre por la noche; él estaba solo, era eso. Se revolcaba en la cama despacio, como si fuera a encontrar alguien al otro lado, al girar: se trataba de una visión predictiva, porque un día, en el futuro, él esperaría estar acompañado en la cama.

Había llegado de la escuela con asco. La maestra le parecía idiota. Sus compañeros eran de la edad que tenían, no tan jóvenes como él, que había petrificado su crecimiento en la más fresca infancia. La imagen de aquel momento, cuando dejó de crecer, se reducía a algo simple: estaba sentado en el regazo de su madre, en el jardín de la casa del abuelo, cuando vio, por primera vez, una mariposa volar entre los picos de las botellas de la mesa. Pensó que quería volar cuando fuera posible, pero su deseo era, como puede imaginarse, un asunto vano. Los deseos son eso, les falta realidad. Miró a su madre para decirle que quería volar. Ella le respondió: "Los niños no pueden volar, y los adultos tampoco". Entonces, el tiempo se detuvo.

Acuario era su mejor amigo. Su nombre de signo zodiacal le había llamado la atención desde el primer año de secundaria. Se sentaban juntos en clase y dormitaban bajo las voces impertinentes de los maestros. Él y Acuario andaban por la escuela como dos semidioses por un templo. Entre ellos se extendía un lazo estrecho, pero no sólo era de amistad, sino también el de dos hombres superiores. Y sus potencias se alimentaban entre sí, como las plantas se alimentan de la tierra. El engreimiento de ambos se sostenía en los años guardados. Acuario había dejado de crecer cuando observó las varas de un maizal seco bajo la lluvia. Le pareció que con el agua las varas de color café se teñían de gris y no consiguió comprenderlo. Entonces, dentro de él se gestó el odio, como si fuera un erizo de agua, y fue creciendo, poco a poco, de manera irrefrenable, hasta llevarlo a su trágica muerte.

En la escuela no sucedían asuntos interesantes. Acuario y él sostenían sus mochilas como dos condenados. Su amigo lo escuchaba despotricar acerca de la enseñanza, de las clases, de la estupidez de los profesores, y se pasaban el recreo entero en la banca que estaba detrás del edificio C, al fondo del terreno que ocupaba la escuela. No era debido al cemento de los muros, el repudio hacia aquel sitio les venía de lejos: algún tatarabuelo esclavo que añoró la libertad y transmitió la importancia de los espacios abiertos a sus descendientes, o quizá, una abuela poeta que se alegraba cuando sus nietos saltaban la cerca de la casa para escapar.

Aquel día al volver, después de recorrer las calles camino a su casa, él sintió emociones novedosas. Estaba sucediéndole una transformación y no se daba cuenta. Del suelo había recogido la hoja de un árbol comida por algún parásito, el resultado era magnífico porque sólo restaban las nervaduras y la hoja parecía un encaje fino. La metió entre las páginas de su cuaderno para guardarla y conservarla intacta. Fue así como inició el viaje al futuro. De su recolección —aquella hoja como el ala de una mariposa— derivaron los asuntos posteriores.

Acuario estaba, como él, acostado sobre la cama, pero no veía hacia ningún árbol porque las ventanas le interesaban poco y allí, en el sexto piso del edificio, la ventana le producía, por una razón que no conseguía esclarecer, bastante miedo. Entonces, estaba frente a la consola de su videojuego, remendando con cinta Scotch uno de los cables del aparato que se había desgastado. Aquel día, él y su amigo no habían entrado a una sola clase. Permanecieron atrás del edificio C viendo revistas porno desde la mañana hasta que sonó la campana que anunciaba la salida.

Él llegó a casa y lo primero que hizo fue sacar la hoja y observarla de nuevo. Era extraño: cuando la había recogido pensaba que era una hoja aún verde en sus contornos, pero ahora se daba cuenta que era una hoja seca.

Fue al refrigerador para ver si aún quedaba un poco del pollo que había preparado su madre. Lo sacó del túper y se sirvió un muslo en un plato de loza blanca con pequeñas flores rojas pintadas al centro. Lo metió al horno de microondas y, durante los dos minutos que le llevó calentarlo, no le quitó la vista de encima a la hoja que estaba descansando en su mano.

Las horas pasaron lentamente como si condujeran a una revelación. Era viernes y por la noche habría una reunión con los amigos de sus padres. Estaba tan solo que no conseguía imaginarse la casa ocupada por los invitados.

Se tumbó en la cama para procurar que el tiempo transcurriera. Abrió un libro y se puso a leer. Lo hacía cada día, con tenacidad, como si se sostuviera de los lomos de los libros; era un jinete jovencísimo. La historia que leía era de amor: la pareja se encontraba una vez a la semana, con el tiempo medido por el reloj, ya que ambos eran empleados de una fábrica que parecía una cárcel. Como ellos, todos los demás adolecían de tiempo, por eso eran rebeldes, como son los amantes. Se reunían y estaban desnudos sin ponerse nunca las sábanas encima; no importaba que hiciera frío. Tenían al tiempo en contra del amor. "No era posible que crecieran las flores si no había, además, tiempo para regarlas con agua", leía. Con eso, el autor quería decir que el tiempo era preciado y que ellos no lo tenían, por lo tanto su amor estaba condenado a marchitarse. Era una novela rosa, pero a él le entusiasmaba bastante la descripción que el autor hacía de la mujer, le parecía que se asemejaba a la única maestra que le caía bien de la escuela. Estaba pleno al encontrar en los ojos del personaje la similitud con la mirada dulce de aquella profesora.

Acuario había ganado el juego una y otra vez. Fue hacia el teléfono y marcó el número de su amigo para contárselo. Él no quiso responder. Era, desde entonces, alguien a quien no le gustaba ser interrumpido mientras leía.

La hoja del árbol estaba guardada ahora en una libreta en la que anotaba pensamientos que tenía de vez en cuando.

Transcurrió la tarde y él dejó de mirar al árbol y soltó la almohada para desperezarse y levantarse poco a poco de la cama. Su madre llegaría en una hora, cuando más, y no le gustaba que lo viera allí tumbado. Se trataba de una defensa lógica que él hacía de su propia privacidad o, en su engreimiento, celaba su soledad hasta el punto de no compartir con nadie —ni con el propio Acuario— lo que hacía al llegar a su casa.

Alzó los brazos al cielo porque, a fin de cuentas, se llamaba Jesús y sintió cómo la sangre regresaba a su pecho tras haber estado tantas horas abrazado a la almohada. Sus manos eran ahora dos pájaros al vuelo. Fue hacia la cocina a servirse un vaso de agua y miró el cristal azul; extrañado se preguntaba cómo lo teñirían de ese color. Escuchó la puerta del edificio y reconoció los pasos de su madre por el pasillo de la planta baja. Luego, la oyó subir las escaleras, con los pies cansados.

Cuando su madre abrió la puerta, él estaba sentado en el sillón de la sala leyendo la misma novela rosa, se había puesto allí para disimular. En ese instante, Acuario volvió a marcarle por teléfono y él levantó el auricular para saludar a su amigo, porque sabía que se trataba de él.

Sus hermanos llegarían después, con su padre. Iban a la escuela por la tarde y en la mañana pasaban el tiempo en casa, solos también.

Su madre lo miró con devoción, como si mirara a un se-midiós. Y entró a la casa para quitarse el saco y dejarlo sobre el respaldo de una silla. Bajo sus ojos se extendían dos ojeras violáceas porque ella dormía poco. Tenía el rostro redondo y los ojos de un verde extraño, casi sucio. Llevaba las manos hacia el pecho cuando entraba por la puerta al regresar del trabajo, porque en su casa amainaban los latidos de su corazón o, quizá, se le acompasaran a un ritmo placentero.

Él se fue a dormir cuando los invitados estaban por despedirse. Levantó las sábanas blancas y se metió en la cama con cuidado. No le gustaba deshacerla, si hubiera sabido cómo, habría aprendido a dormir sin moverse.

A la mañana siguiente, despertó con los ojos más hincha-dos que lo habitual. Se miró en el espejo y reconoció que había crecido lo que le faltaba durante aquella noche. La vida le había puesto una mano encima para decirle que era el tiempo de ser un poco mayor.

Cuando llegó a la escuela, justo a la par del edificio C, vio cinco mariposas amarillas que revoloteaban sobre un maguey.

La imagen lo perturbó, y es que él no recordaba la primera vez que había visto mariposas, mucho menos que había sido en el regazo de su madre. Lo que sí quiso, de nuevo, fue volar. Y sostuvo la mirada sobre las mariposas como si encontrara en ellas el vuelo, pero era insuficiente, pues a su edad debía buscar la fascinación del vuelo en los pájaros del pirul que estaba tras la ventana de su cuarto, o bien, en las aves que sobrevolaban a mediodía los edificios de cemento de la escuela.

Caminó hacia su salón para buscar a Acuario. No pensaba entrar a clases, de hecho había meditado irse para siempre. El tiempo era demasiado valioso y no podía desperdiciarlo en las clases soporíferas ni en los jardines, incluso tampoco con Acuario, porque sabía que él se iba a morir pronto. No valía la pena.

Se encontró con su amigo en el pasillo. Las manos le comenzaron a temblar sin saber por qué. No había desayunado. Nunca lo hacía. Así que, después de saludarlo, fue a comprarse unas galletas a la tienda de la escuela. Cuando iba en camino, miró el maguey que estaba junto al edificio C y le dijo a Acuario: acabo de ver unas mariposas amarillas volando encima del maguey. Acuario no entendió lo que, en realidad, estaba diciéndole su amigo. No era sencillo. Era una visión del futuro. Las mariposas amarillas eran un mensaje especial para los semidioses. El asunto era descifrarlo. Luego se contuvo y no supo qué agregar. Solía contenerse. Era un mecanismo de defensa: si nada ponía afuera de sí mismo, podía vivir mejor. Lo había leído en otra novela rosa antes, no recordaba en cuál. Llegaron a la tienda y, en lugar de galletas, decidió comprarse un pie de piña. Mordió el pie y miró a Acuario, que estaba distraído observando las nalgas de una joven de tercero.

—Me gusta —le dijo Acuario—. Creo que medio me enamoré de ella. ¿La conoces?

Él le dijo que sí, y era verdad. Pero también era cierto que la conocía más de lo que Acuario se imaginaba.

Transcurrió la primera hora de clase y él y Acuario se quedaron sentados, como siempre, detrás del edificio C viendo hacia uno de los muros de la escuela. Hablaban de cualquier cosa, como suelen hacer los amigos cuando son jóvenes. Pero él, con los ojos hinchados todavía, estaba sintiendo que la edad lo había alcanzado.

—Es demasiado temprano —dijo Acuario.

—Cada día las horas me parecen más largas —dijo él.

—¿Las mariposas tendrán noción del tiempo?

—No sé —dijo Acuario—. Pregúntale a un biólogo, cabrón.

Llego la hora de la salida. Con las manos crispadas como dos pájaros en la rama de un árbol, él se fue a casa. Creía que era demasiado tarde para llegar a cualquier sitio, pero era la hora de siempre. Cuando entró por la puerta, descubrió que no había nadie, de nuevo. Parecía notarlo por primera vez, era raro. Pero no sucedía nada anómalo: como siempre, la casa estaba vacía a su regreso.

Movido por un impulso cuyo origen no consiguió reconocer, se desnudó frente al espejo y vio que su cuerpo era el de un hombre.

Ha llegado el tiempo de irme, pensó. Así que fue hacia el cuarto y empacó algunas prendas en una maleta. Se detuvo frente a la ventana para mirar el pirul y supo, como se saben las cosas que no pueden olvidarse, que jamás sería ni un pájaro ni una mariposa. Estaba siendo un hombre de su edad, al fin, y dejaría la escuela para siempre.

SE LLAMA
SONORA

Nadia Villafuerte

Nadia Villafuerte estudió en la Secundaria Federal "Adolfo López Mateos", y en su primera tardeada usó unos leggings color amarillo mostaza y muchísimo spray Aquanet para fijar el pelo.

FUE COMO SI EL ESPEJO ME respondiera a mí y no a ella. Compartíamos la habitación pero mis huellas estaban en todos lados: mi ropa, mi tocador con sprays, mis frascos de glitter y perfumes, mi calendario prensado en la pared con chinchetas. Yo era la hermana mayor y usaba tops, ya no llevaba ese jumper con pechera que aún se ponía Karenin, sino una blusa metida en la pretina de la falda a tablones y calcetas hasta las rodillas: no medía ni diez centímetros más que ella pero eso, las calcetas altas, me hacían sentir más grande. No más linda, sólo más grande. Sobre todo, iba en primero de prepa y mi hermana en segundo de secundaria: nos llevábamos apenas dos años pero la frontera entre uno y otro grado escolar constituyó el inicio de nuestra separación. Mientras yo tenía un horario más duro y mi pila de libros le daba al cuarto mi personalidad entera, Karenin se hundía en el sofá para ver videos a todo volumen después de la escuela. Las tareas le importaban un pico. "Yo a eso de leer palabras difíciles que tienes que buscar en el diccionario, lo encuentro un poco irritante", replicaba metiéndose a la boca palitos de queso. Era feliz y también un desastre: el pelo lamido, la bastilla de su jumper roto.

No supe en qué momento empezó a hacerse la fisura. La relación oscilaba a menudo entre ratos de ser las mejores cómplices. De esa infancia preservo un montón de imágenes inconexas, fotos tomadas con la cámara Voigtländer que papá compró en un tianguis de segunda y que, de no haber existido, me habría dado bastante menos para fantasear. Hay una que me encanta: el río brilla afilado como un cuchillo mientras la mano de mi madre se atraviesa. O esa otra: no se ve la playa pero se escucha, es el mismo mar de siempre pero sin la nube aterradora, negra y existencial que estoy acostumbrada a ver suspendida en el presente. Por las fotos sé que vestíamos idéntico o con ligeras variaciones. Ella con un bikini verde, yo con un modelo igual en amarillo. Y las semejanzas iban del parecido físico a nuestros pasatiempos. No teníamos una pizca de moral. Una ocasión matamos una plaga de hormigas con el chorro de la manguera. Tuvimos sólo un par de pleitos: en uno Karenin me retorció el pelo hasta que le devolví lo robado; en otro estuve a punto de ensartarle unas tijeras. Lo mejor era que naufragábamos en el puro presente y por eso no guardábamos rencores. No intentábamos defender un honor o llevarnos el crédito por algo. Y si bien nos considerábamos iguales, su idolatría de hermana menor no era para mí ninguna molestia ni motivo de engreimiento: se acordaba de todo lo que yo le contaba y además se lo creía, porque si bien dos años de diferencia podían ser pocos, supuestamente yo era por veinticuatro meses más zorrina. El día que ella cumplió diez y estábamos listas para la fiesta, me intoxiqué al tomar un trago de una botella de cloro. Ella escrutó mi cara, tuvo sus dudas pero nos metimos al coche, esperamos a que mamá se pusiera al volante y nos fuimos al centro de salud, donde me hicieron un lavado. "Ey, vamos al hospital", gritaba, levantando su gorro de fiesta, con tal de que nos dejaran pasar y llegáramos a tiempo. Cuando digo tiempo, aquel tiempo, me refiero a ese periodo en el que flotábamos hundidas en una existencia idiota, aquella que no intenta sacar el máximo provecho de las horas sino que se contenta con el modo más sencillo de pasarlas.

Un día, tarde o una noche, eso se acabó.

Vivíamos en una colonia gris en una de las ciudades más feas, el barrio San Juan, en Tuxtla. Pronto los baldíos aledaños fueron comprados para construir las viviendas de los vecinos. Como aún no ajustaba el dinero para que cada una tuviera su propia recámara, después de la *queen size* compartida vinieron las camas individuales que marcaron una suerte de territorio personal. Yo pinté mi pared de color cargo; ella de amarillo eléctrico. Ella optó por la austeridad; yo en cambio pegué unos posters en mi cabecera, conseguí velas, coloqué una mampara de papel en mi lámpara y entonces me recosté con los ojos cerrados, esperando calmar esa inquietud de ser una extraña en mi propio cuerpo. Mentira. Cuando abrí los ojos, todo seguía igual. Karenin puso cara de *what the fuck*. Me dijo que no entendía mi gusto por las imágenes en blanco y negro, pues según sus referencias pop, de tonalidades chillonas, mis fotos la remitían a un mundo lejano y antiguo.

La ignoré.

"Ya no hay toallas."

"Pues ponte tampones."

"Nadi", me jalaba la playera y yo pasaba en limpio mis apuntes, sin estremecerme.

"¿Qué te pasa?"

"Todo", era mi respuesta.

Y en verdad me pasaba todo. Tenía clases por las mañanas, y estudio y lectura por las noches, junto con la novedad y extrañeza de asistir al bachillerato. Adentro, en las aulas, los demás se aburrían, menos yo. Afuera, en los muros traseros del edificio, las cosas se ponían mejor para los demás, excepto para mí que no era sociable: los chicos revoloteaban como zopilotes y las chicas fumaban cigarrillos, ahogadas de humo, entre carcajadas oscuras y anécdotas sobre sus más recientes manoseos y cómo sería hacerlo en los baños, amparadas por aquellas puertas llenas de fórmulas o recados de odio y placer.

Yo, que escuchaba las charlas de los de tercero, me sentía en trance hacia algo, pero tampoco sabía hacia dónde. No me gustaba hablar con nadie y me animaba otra clase de hambre; una que alimentaban los libros de títulos imposibles sacados de la biblioteca: *El corazón es un cazador solitario*, *A sangre fría*, historias donde el mundo estaba lleno de tentaciones y huidas para quienes, como yo, abrigaban seducción y temor por dichas tentaciones. Hacerlo me aisló bastante y me hizo acreedora a unas palmaditas de consuelo de quienes creían que leer no tenía ningún sentido. Pero me encantaba. Me encantaba esa realidad estúpidamente deforme. Era eso, o la necesidad de creer en algo, porque algunos de esos libros me ofrecieron unas sacudidas tremendas, un debate entre ser y no ser, entre afirmación y negación, optimismo y tristeza, ir y venir de ese periodo que sólo entendía a medias. *Estoy insatisfecha. Soy culpable. He perdido el interés. Sólo me gusta lo que no existe. No consigo comer. Como de más. ¿Estoy gorda? Estoy gorda pero soy alta. No consigo gustarle a nadie. Tengo pánico a la medicación. No consigo estar sola. No consigo estar con los demás. Tengo las caderas demasiado anchas. No me gusto. ¿Es posible que una persona nazca en el cuerpo equivocado? ¿Es posible que una persona nazca en la era equivocada? Yo no estoy aquí y nunca estuve. Hay cosas insoportables. Uno puede evadirlas mucho tiempo.*

Obvio: algunos libros no los terminé de leer, y otros los abrí sólo para impresionar a la vecina de enfrente.

Ella apareció una tarde como de la nada y me deslumbró. Su cabello negro con un mechón plateado, el fogonazo de su rostro tranquilo, somnoliento cuando veía hacia nuestro parrón, sus tenis rojos y esa cadenita de oro que le brillaba arriba de la camiseta: no era ni guapa ni fea sino diferente y nos miraba como de ladito. Además, su padre era mecánico y ella a veces se ponía a ayudarlo: con la espalda en el concreto abrasante, yo creía que debajo del chasis de los carros, con las manos llenas de grasa, ella tenía la oportunidad de pensar y hacer planes, cómo largarse de ahí. Nunca portó uniforme, pero estaba más allá de los libros, del calendario y sus obligaciones, y eso la hacía, al menos a mi juicio, un hermoso misterio. El mechón teñido se le alzaba tan denso como una esponja, su cuerpo se movía de una manera bulliciosa y, en la boca, el labio superior se le alzaba tantito, como si estuviera besando una burbuja. Tenía los ojos caídos y cuando no estaba debajo de los carros, se sentaba en el quicio y miraba hacia las nubes, lo que me hizo prever que podía quedarme ahí, mirándola ver el cielo, como si las dos supiéramos que podíamos perdernos bajo el mismo resplandor. Hasta las frases que por entonces leía parecían estar ligadas a ella. *Quiero encontrarme contigo en el Rex y hablar del día y teclear tus cartas y llevar tus cajas y reírme de tus paranoias y regalarte discos que nunca escucharás y ver películas buenísimas y ver películas malas y dejar que me robes los cigarrillos y que nunca tengas fuego.*

En cambio esas anómalas reglas del afecto se interpusieron entre Karenin y yo: desprecias a una persona que te admira mucho o te busca, de la misma forma en que idolatras a alguien para quien ni siquiera existes. Karenin me perseguía y la vecina me ignoraba. Sin preverlo ni poder evitarlo, empecé a tratar mal a Karenin. Al principio, ella hizo cualquier cosa con tal de llamar mi atención: cantaba casi en mi oído con una voz áspera que tenía mucho de reclamo, y hasta la vi estudiar pese a su mala gana, en respuesta a cuando le tiré esos recortes advirtiéndole que, de no estudiar, terminaría marcando a plumón horribles ofertas de trabajo, yendo de aquí allá como esos empleados tristes en uniformes felices. Después, Karenin no hizo sino retraerse hacia el resplandor de la tele o al ritmo de esas canciones que

seguro crepitaban en su cabeza como hogueras. A ratos no la soportaba. Si me sugería usar más color y accesorios ("nadie quiere
hablar con una chica que sólo se viste de negro"), yo la mandaba
al carajo diciéndole que vendría un meteorito y la tierra se iba a
acabar, que nadie iba a extrañarnos, maquilladas o no, de negro o
con chamarras chillantes, estábamos solas. "Pues qué deprimen-
te", fue su respuesta.

Y fue así: conforme fui apilando más libros en el escritorio
y los abría, y me asomaba a la ventana para seguir los pasos de
la vecina, Karenin se convirtió en una sombra que cantaba a lo
lejos esas canciones agresivas y alegres. Vagamente oía o atendía
sus peticiones. Algo dijo de una materia reprobada, de esforzar-
se por estudiar y no lograrlo, de varios reportes escolares. Pasaron unas semanas, quizá pasó un mes. Presenté exámenes, seguí
caminando por el fuego, sentí nostalgia de lugares donde nunca
había estado, Karenin siguió cambiando canales a las cuatro de
la tarde, al mundo le dio por llegar al final con todas esas noticias tremendas (subió la luz, la gasolina, se declaró una guerra
en algún punto del mapa), acabé *Una felicidad repulsiva* y *La balada
del café triste*, seguí perdiendo la confianza física, mi messenger
siguió parpadeando, la vecina se tiñó el pelo de rosa, papá compró más revistas de crucigramas, mamá trajo una nueva plantita
al parrón.

¿Qué tanto le ves?, reclamó una noche en la que me levanté de
un brinco cuando escuché a la vecina gritando en la calle. No
recuerdo todas las cosas desagradables que debí decirle a mi
hermana, porque incluso cuando las dije tenía los ojos clavados en el misterio de afuera: por qué la vecina se reía de modo
escandaloso. "Ni siquiera sabes su nombre", dijo y agregó: "En
cambio yo sí". Procuré no darle importancia pero al cabo de un
rato, como para atormentarme, Karenin lo murmulló: "Se llama

Sonora". Aquella noche, ese nombre, el nombre de la discordia, hizo implosión en la oscuridad.

Soñé que Sonora y yo nos besábamos. O eran Karenin y Sonora quienes se besaban. Algo confuso. El aire era tan húmedo en el sueño que se lo podía beber. Algo tan brusco y grosero, delante de todos, que después de ocurrir me obligó a dar unos pasos atrás. El sueño cayó sobre mi cuerpo igual que una cuija muerta con su silencio transparente y baboso. Y así, como si el sueño fuese una cuija muerta, traté de quitármelo de encima al levantarme. Encontré el cuarto en una tensa quietud. Estaba despierta pero con una extraña confusión mental. Por un momento tuve la certeza de que Karenin había escuchado los pormenores de mi sueño, esos sonidos que hacen las bocas cuando se llenan de besos.

"¿Cómo lo sabes?", le dije a la mañana siguiente. "¿Saber qué?", preguntó. No supe interpretar la forma en la que ella me veía. "Su nombre, cómo supiste su nombre". No recuerdo si me contestó o si la escuché, pero en esa transición de la noche anterior a la mañana siguiente, Karenin pareció salir airosa de la sombra a la que yo misma la había confinado. Tan simple como eso: Karenin sabía el nombre de la vecina y ese acto la volvía más osada que yo. Eso me hizo verla más aparecida que nunca, como si después de mi retraimiento, por fin la reconociera: de hecho, el pelo se le alborotaba alrededor del rostro, más moreno que de costumbre, y la piel tirante le brillaba. "¿Dónde te bronceaste?". "En el patio". También noté de súbito que el jumper, feo y con la bastilla rota, seguía siendo el mismo pero ya le quedaba justo. Se veía venir. Un día tienes el periodo y al otro te brotan los pechos y los vellos, y el trasero se te hincha y nada pero nada vuelve a ser igual. Luego Karenin rebobinó la charla y mencionó que la vecina tenía diecisiete, era del norte del país y no se cuánto más. Me carcomió la envidia. La imaginé acercándose con la vecina, sorprendiéndola con sus historias de por qué se había roto el jumper, yendo con ella a las máquinas de juegos electrónicos de la cuadra, las dos maquillándose para ir a una fiesta. Después, con una frescura insolente, Karenin dijo que tomaría no uno sino dos exámenes extraordinarios. Fue como si antes de la implosión de aquel nombre, *Sonora*, yo me hubiera perdido de saber lo que pasaba alrededor de nosotras. Fui al cuarto y me fijé en su pared y en las gavetas y en el placar: todo estaba igual salvo mi hermana, crecida o engrosada de repente.

Una tarde, Karenin llevó a casa uno de esos globos de *Plaza Galería*: un globo alargado de color verde brillante. Lo colgó de la persiana, donde el globo se columpiaba con la brisa. Otra tarde vi charlando a Sonora y a Karenin en la acera, y mi mente empezó a girar. Así que son amigas, pensé y me entraron unos celos o envidia tremendos, que no eran celos o envidia sino inseguridad: porque después de todo, a pesar de verme más alta con las calcetas hasta las rodillas, me avergonzaba de mi carácter tímido y solitario, mientras que mi hermana parecía lidiar con más sencillez con quien era. En otra ocasión le olí la ropa y descubrí que estaba usando mi perfume. Me fue imposible estudiar. Encontré unos frascos de mi glitter en su mochila. Cuando presentó los extraordinarios llegó y me abrazó y dijo que pasar los exámenes era importante pero lo era más ser hermanas. Yo no dejaba de pensar en la vecina de enfrente de nombre como desierto (Sonora era el norte y nosotras del sur), ni en el globo colgado de la persiana, ni en cómo ahora era yo quien esperaba a mi hermana, ansiosa por ver sus transfiguraciones. Si Karenin decía "Préstame tu blusa" o "Vamos a TodoModa", yo me desquitaba gritándole "Déjame en paz". Algo dentro ardía, hasta los libros donde hallaba un escape, me dejaron de asombrar.

"¿Por qué hemos dejado de ser como antes?", dijo Karenin después de un largo suspiro. "¿Por qué no podemos comportarnos justo como en los viejos tiempos? Ese *justo como en los viejos tiempos* resonó en mi cabeza y pude ver el conflicto. "¿Por qué? Porque eres una imbécil, una pedorra imbécil y no sabes absolutamente nada aunque creas saberlo". "¿Saber qué?", volvió a preguntar.

Que no te digan nada, no significa que los demás no sepan tus secretos. Y todo porque dormíamos en la misma habitación y no tenía privacidad ni para echarme a llorar a mis anchas. El asunto habría pasado a menos, pero entonces dije: "Además de haragana, ladrona". "¿Haragana y ladrona?". "Acéptalo: a pesar de tu apariencia, eres una burra redomada. Y ladrona también, porque me robaste el glitter". "¿Es así?" Silencio. "¿Es así?" Silencio. "¿Es así o no?". Largo silencio. "¿Desprecias a todas las personas o sólo a mí en particular?". "No te desprecio". "¿No?". "Sí, te desprecio", concluí con una voz cruda.

Karenin fue haciéndose más alta conforme alcanzó su mochila, sacó el glitter y me lo aventó. Apagué la luz, me tumbé. Al igual que ella, estaba amargamente sorprendida. El cuarto comenzó a encogerse. Quise decir algo, no me atreví. Ya no estaba furiosa sino agotada. Era yo quien leía y sacaba buenas notas pero vislumbré mi propia fealdad: me pareció horrible haberla acusado y decirle "burra redomada", y todo porque ni siquiera estaba segura de las razones, aunque al menos una de ellas incluía la confusión de ese sueño, donde aparecía la vecina y su mechón esponjoso, su cadenita encima de la camiseta, sus tenis rojos: un fantasma moviéndose en mi inconsciente. Tal vez sí era una especie de *crush* no resuelto y privado que no podía contar a nadie. Un enamoramiento carnal. Los nervios de estar junto a alguien antes de estar con alguien. Los latidos violentos como cubiertos por una bolsa de plástico. Tal vez era nomás un sueño que incluía los miedos y los deseos y las vergüenzas futuras: volverme para mí misma una extraña sin poder dar marcha atrás.

Has visto lo peor de mí. Sí. No sé nada de ti. No, era mi monólogo interno. Pero no era sólo eso. O era eso y el inicio de una transformación abriendo en mí un vacío que ni libros ni hermana ni casa ni sueño podrían llenar. Estoy segura que, de haberme escuchado, Karenin se habría reído a pierna suelta. Me disculpé a la mañana siguiente. Una semana después, ella salía del cuarto y yo entraba, o sucedió al revés: chocamos. El golpe de la puerta en mi nariz me provocó constantes migrañas y un tabique desviado que fue el responsable de que mi autoestima se fuera a la mierda y me refugiara por entero en la biblioteca. Esa vez fue ella quien ofreció disculpas, tarde, como sucede con lo que no tiene remedio.

Cuando mi primer semestre terminó, vi que a la casa de enfrente llegaba un chico con pinta de mamón y lentes de sol. Lo vi a él y a Sonora ponerse de puntitas para recibirlo y darle un beso: a los tres meses Sonora estaba embarazada. El destino de ella, al menos, se había definido fuera de nuestro alcance: ella dejaría de ser una mijita rica, tendría que afrontar el asunto y olvidarse de sí misma por un rato.

Mis relaciones con Karenin, en cambio, no empeoraron pero tampoco ocurrió lo opuesto. Hay manuales de rupturas amorosas para cuando el amor de tu vida se fue o porque naciste con el corazón roto o te autoflagelaste para quedarte sola, etcétera, pero no para salvar relaciones con los miembros de tu familia; no para cortar, sin arruinar, esas relaciones donde padre, madre y hermanos, rondan una casa, esperando, exigiendo, dependiendo los unos de los otros, asfixiándose entre sí.

Padre y madre seguían llevándose como de costumbre, a veces mal, a veces bien, él llenaba crucigramas, ella estiraba como un chicle la quincena. Pensé que un afecto no podía simplemente desaparecer, que esas personas que uno había sido, que el barrio. Pensé que algunas cosas sólo se mudaban de lugar y debíamos dedicarnos a buscarlas. Nosotras ya no las podíamos encontrar, no al menos en ese cuarto común: austero en una mitad y feo en la otra, con mis posters en blanco y negro, un mundo en extinción. "No estamos en ese mundo, ¿o sí? Eso de ganarte una gastritis por conjugar verbos en inglés o de tener un sentimiento trágico está muy bien, pero Riri tiene razón: no es bueno pensar demasiado, pensar es una forma de hipocondría", me dijo un día Karenin. "¿Quién diablos es Riri?". No sabía qué música escuchaba Karenin, pero sé que le encantaban frases tipo: "Lo que te hunde, te salva".

La vi llegar una tarde con un tatuaje en el brazo izquierdo, llenando el espejo con sus cambios: me pareció una completa extraña. Entonces supe que la distancia ya era inmensa. Supongo que ella debió verme como una extraña cuando me preguntó: "¿A dónde vas?" "Al psicólogo". "¿A qué? "A que me den medicación". ¿Qué pasa, por qué tanto silencio?", decía mamá en el intermedio y recordé cuando nos tomaba a cada una de la mano para cruzar la avenida, la apretaba muy fuerte y advertía: "Si se sueltan, se pierden".

Nos las arreglamos para cambiar de modo que, aparte del espacio que aún nos ataba, lo único constante fue la diferencia de edades. Trece *versus* quince. Catorce *versus* dieciséis. "¿Por qué te has cortado la vena?", dijo una noche Karenin cuando cumplí dieciocho. "Para defender mi espacio, para afirmar mi yo, para recibir atenciones, para ser mirada y escuchada, para ser libre, para seducir a los demás", dije de un tirón. "¿Puedo mirar?". "Puedes mirar, pero no tocar". A lo largo de ese corto viaje, nunca más conseguimos ser lo que habíamos sido y llegó el instante en que dejamos de intentarlo, en parte porque cada una debió librar sus propias batallas y porque llegó la época en que ella se dedicó a vagar y yo me fui. Ella se dedicó a gastar su juventud a trompicones, con impaciencia; yo a rumiar la nostalgia por los instantes perdidos.

Literalmente estábamos lejos, en dos ciudades distintas, y eché de menos aquello. La relación divertida y triste que tuvimos, una que incluyó por igual cuando nos quedamos atrapadas en el Volkswagen bajo la lluvia, como cuando la acusé de "ratera", ella me gritó "enferma" y las dos nos miramos con esa mirada que nos hizo creer que, de haber podido, nos habríamos matado. La luz de esas fotos tenía el resplandor de la verdad: salíamos con la cara distraída, la grandeza del alma era del tamaño de nuestras pijamas, podíamos estar todo el día en ropa interior, manchadas de pizza, comiendo helado, sin culpa. Mirábamos el obturador como si dijésemos: ahora o nunca. Eran inocentes y veraces esas imágenes, provenientes menos de la realidad que de la fantasía, tomadas con esa Voigtländer que en algún punto se rompió, como se rompieron un montón de cosas allí adentro, imposibles de reparar.

PROVINCIA

Juan Pablo Villalobos

Juan Pablo Villalobos. El nombre de su secu: Instituto Laguense. Lo que más le gustaba: pasar la tarde jugando al Pitfall de Intellivision.

1

CUANDO ERA NIÑO, YO conocía a dos locos. En principio no se sabía si eran locos o nada más tarados. Luego por reincidencia se descubría que sí estaban locos. Uno se llamaba Facundo y el otro Abel. Facundo trabajaba de voceador del *Provincia*, el periódico del pueblo donde yo vivía. *El Provincia* era un diario de ocho páginas que tenía cuatrocientas faltas de ortografía por página. Abel, por su parte, creía que era agente de tránsito: se pasaba los días dirigiendo el flujo de vehículos en la esquina del mercado. Aunque nadie le hacía caso. Facundo vestía un delantal blanco manchado de la tinta de los periódicos y una cachucha que decía John Deere con el dibujo estampado de un tractor. Abel vestía el uniforme oficial del departamento de tránsito. Se lo regaló el director de la oficina, después de muchos años de servicio voluntario.

Facundo hablaba mucho y Abel era callado. Facundo cantaba "Eeeel Prooovinciaaaaaaaaaa" y lloraba cuando la gente le hacía bromas, como robarle los periódicos. Abel intentaba detener a los vehículos soplando un silbato y amenazaba a señas a los conductores que lo desobedecían. Uno de nuestros pasatiempos favoritos era tirarle piedras a Facundo. A Abel también, pero no tanto, porque se enfurecía y nos las devolvía. Y tenía una puntería buenísima. Su record de descalabrados era bastante elevado. En cambio, Facundo lloraba y corría a esconderse a la iglesia más cercana. Por fortuna para Facundo en nuestro pueblo había muchas iglesias. Es que no teníamos muchas cosas para entretenernos. Más bien nos aburríamos. Además, nadie nos había dicho que apedrear a los locos fuera pecado.

2

Vivíamos en el centro del pueblo, a dos cuadras del teatro y de la parroquia, en una casa rentada con un patio al centro y las habitaciones en derredor. Por alguna confusión que no consigo precisar, la gente creía que nuestra casa era un campo deportivo. Y ni siquiera había que hacerse socio: todo el mundo tocaba a la puerta y se metía a jugar futbol. Venían tantos niños que había que organizar equipos y poner a un vigilante para que la "reta" no se colara.

Los sábados, mi mamá compraba en el mercado cien naranjas que, para el martes, ya se habían terminado. Las comíamos cortadas a la mitad, exprimidas directamente sobre la boca. Hubo una epidemia de niños con la cara manchada por aquella época.

Alrededor de Navidad, durante una serie de penaltis para desempatar un partido, mi hermano mayor decapitó de un pelotazo a Baltazar, uno de los reyes magos del nacimiento, que llevaba en las manos una cajita dorada para ofrecérsela al niño

Jesús, que ni siquiera había tenido tiempo de haber nacido. Luego hubo otro accidente: en una trifulca mi hermano menor, que se suponía que era el árbitro de los partidos, terminó con el silbato enterrado en el paladar. La sangre le escurría desde las comisuras de los labios hasta las piernas.

3

Una noche, debe haber sido en 1981, quizá 1982, interrumpieron la programación habitual de la televisión para transmitir una nerviosa llamada telefónica. El reportero se encontraba en una carretera cercana a la capital del estado, donde se reportaba el avistamiento de un objeto volador no identificado. Decía que muchas personas lo habían presenciado, que la carretera estaba cerrada, que sobre el asfalto decenas de automovilistas se repetían entre ellos la misma descripción de lo visto, como para confirmar que no estaban soñando. Palabras como pellizcos. Un aparato ovalado, con lucecitas azules y verdes alrededor y una gran luz roja en el centro. Recuerdo que me desconcertó, y me decepcionó mucho, pensar que en otros planetas tenían los mismos colores. Esta decepción se esfumó cuando todos los testigos entrevistados comenzaron a afirmar que la nave emitía un zumbido silencioso y a la vez ensordecedor. El gran invento de los extraterrestres, al menos de los que nos visitaron en aquella ocasión: el estruendo insonoro.

Días después mi papá nos llevó al lugar del avistamiento, que se había convertido en un sitio de peregrinaje. Estacionamos el coche al lado de la carretera y caminamos medio kilómetro entre arbustos y huizaches. Una muchedumbre rodeaba un enorme círculo calcinado. Los huizaches estaban carbonizados. La hierba se había consumido, había sido sustituida por una capa de cenizas. Parecía el escenario de una fogata simétrica y exagerada. Recogimos piedras como recuerdo, piedras quemadas, aquel día me nació la manía por coleccionarlas.

A partir de entonces, cada noche, después del noticiero y antes de ir a dormir, salíamos al patio y mirábamos el cielo buscando a las naves interplanetarias.

Quizá alguna nos sacara del pueblo.

4

Durante el verano, yo me iba por las azoteas de toda la cuadra, acompañado de una prima que vivía en el DF y pasaba las vacaciones aquí, en el pueblo. Saltábamos de una casa a la otra y nos asomábamos a los patios y a las escaleras. A veces encontrábamos botes de pintura, botellas de sidra vacías, montones de periódicos de los años setenta, cajas con cachivaches de aficiones olvidadas (ajedrez, alpinismo, filatelia, colombicultura). Hasta que un vecino estuvo a punto de dispararnos con una escopeta, porque pensaba que éramos ladrones. El vecino le dijo a mi papá que la próxima vez nos dispararía. Mi papá nos obligó a mi prima y a mí a pedir disculpas. El vecino contestó que no nos perdonaba, mientras limpiaba con un trapo percudido el cañón de su escopeta.

En verano también venía del DF otro primo que pensaba que los mayates eran cucarachas verdes. Y otro, el mayor de todos, al que le gustaba utilizar su gordura para asfixiarnos con aplastamientos.

5

Una noche, Tommy Hearns noqueó a Pipino Cuevas. Otra noche, Sugar Ray Leonard noqueó a Pipino Cuevas. Luego, de nuevo, Tommy Hearns noqueó a Pipino Cuevas. Por último, como si los organizadores de las peleas no supieran de lógica, Sugar Ray Leonard volvió a noquear a Pipino Cuevas. Y todas las peleas las veíamos en la televisión con mi abuelo.

Mi papá, antes de la pelea, siempre nos decía: *yo no sé para qué la vemos, Pipino va a perder.* Luego, cuando perdía, nos decía: *Se los dije.* Eso le daba muchísima satisfacción. Igual con la selección de futbol. Cuando la selección perdía, mi papá tenía la sonrisa más grande y resplandeciente del pueblo. Si alguien le preguntaba por qué estaba tan contento, le gritaba: *¡Son unos ratones verdes!*

Pero a mi abuelo le encantaba el box, aunque Pipino Cuevas perdiera, porque mi abuelo tenía ya más de ochenta años y le empezaba a fallar la memoria. Cuando íbamos a visitarlo, en cuanto yo lo saludaba, me decía: *Una vez vi un muerto aquí en la esquina, durante la Revolución. Yo estaba chiquillo y me dijeron que fuera a verlo. Ahí lo encontré tirado. Tenía un balazo en el pecho y los ojos abiertos, como si todavía anduviera cazando golondrinas.* Entonces mi abuelo se reía a carcajadas.

6

Un viernes, en la escuela nos dejaron de tarea una redacción: qué queríamos ser cuando fuéramos grandes. Estábamos en tercero de primaria. El domingo en la mañana, mientras mi hermano mayor veía el partido de los Pumas, yo escribí:

"Cuando sea grande voy a ser astronauta para viajar al espacio. Iré en una nave blanca, redonda, brillante, con la bandera de México. Adentro de la nave tendremos que volar para atrapar la comida: manzanas, cajitas de leche, galletas y unas pelotas color naranja con sabor a tacos al pastor. Cuando sea grande voy a ser astronauta para aterrizar mi nave espacial en la luna o en un planeta muy lejano. Bajaremos de la nave y pondremos la bandera de México en lo alto de una montaña, desde donde la pueda ver todo el mundo. Luego vamos a recoger piedras y a buscar vida extraterrestre. Usando un casco para poder respirar, un traje blanco o verde, y unos guantes con los que es muy difícil agarrar las cosas. Los extraterrestres tendrán dos cabezas o antenas, como los grillos, un color de piel que no conocemos, hablarán idiomas que no entendemos. Pero yo le diré a los extraterrestres que somos amigos. Aunque sea con las manos. Cuando sea grande voy a ser astronauta y me darán una medalla por encontrar vida en otro planeta. El día que me den la medalla mi mamá y mi papá se pondrán muy contentos."

Pero nunca pude entregar la tarea. El lunes en la escuela nos dijeron que el maestro estaba enfermo y que, a partir de ahora, tendríamos un profesor sustituto. En casa, durante la comida, mi papá me dijo que el maestro no estaba enfermo, que lo había golpeado la policía por andar de revoltoso, por participar en la toma de la presidencia municipal. Mi mamá dijo que estaban en su derecho de protestar si les habían robado las elecciones. Mi papá dijo que protestar no sirve de nada, que las cosas no van a cambiar nunca, y sólo se calló cuando mi mamá amenazó con quitarle el plato y empezó a servirle las tortillas frías.

7

Durante una época se puso de moda robarse los taponcitos de las llantas de los coches. Había que ponerse en cuclillas y desenroscar la piececita de plástico mientras alguien vigilaba que no llegara el dueño del coche. Nunca entendí por qué lo hacíamos, ni qué se supone que íbamos a hacer con los taponcitos, además de acumularlos escondidos. Supongo que era una prueba, que nos gustaba la aventura, la adrenalina. O que nos aburríamos mucho (eso, seguro). O quizá nadie sabía por qué lo hacíamos y lo que nos gustaba a todos era justamente eso, que era misterioso.

8

Entre nuestra casa y el teatro, a mitad del camino, había una peluquería donde tenían un perro gran danés que vigilaba la banqueta. Resultaba imposible caminar de ese lado. Pero enfrente había una mueblería y encima, en el segundo piso, vivía el Señor Que Nos Asustaba. Dos metros. Corpulento. Canoso. Mirada intensa. Con unas manos enormes que se posaban en nuestros hombros cuando nos detenía para interrogarnos: *¿Tú de quién eres hijo?*, nos preguntaba siempre. Yo tenía miedo de que no le gustara mi respuesta, de que, si mis papás le caían mal, me matara.

9

Lo más emocionante que pasaba cada verano era cuando nuestros primos venían del DF y de Guadalajara a visitarnos y nosotros les pegábamos los piojos. Mis tías entonces les daban unos baños frenéticos, usando insecticidas y productos químicos que les quemaban las uñas (a mis tías) y el cuero cabelludo (a mis primos). Luego les prohibían volver a jugar con nosotros, pero el verano era largo y nosotros siempre conseguíamos transportar los piojos de vuelta a sus cabezas.

10

Muchas cosas que nunca sucedieron durante el desalojo de la presidencia municipal, la gente del pueblo las contábamos una y otra vez, por el puro gusto de inventar. Se describían escenas heroicas que involucraban caballos o aviones, ametralladoras, explosivos, soldados que fumaban sólo para poder apagar los cigarros en la piel de los sublevados.

Las cosas que sí habían pasado, y que eran peores, nadie las quería contar. Por ejemplo, lo que le habían hecho a mi maestro de tercero de primaria, que quedó paralítico. Los antimotines lo bajaron desde la azotea de la presidencia hasta la calle a rastras, por todas las escaleras, hasta romperle la columna vertebral.

Mi mamá se empeñó en ir a visitarlo al hospital. Mi papá se negó, suficiente había hecho con mantener la boca cerrada, aunque todos podíamos leer en su rostro lo que pensaba: que se lo tenía merecido por revoltoso. Acompañé a mi mamá al hospital, una pequeña clínica de monjas que más bien parecía un convento. La cabeza hinchada de mi profesor era del tamaño de la de un humanoide. Llevaba un respirador artificial que le tapaba la cara y un rosario enredado en la mano derecha.

La mano que mi mamá se puso a acariciarle de una manera que me resultó extraña, mientras le decía que se iba a recuperar, que tuviera fe, que no se diera por vencido. Me dio vergüenza y recé para que nadie entrara en el cuarto. ¿Por qué no había venido mi papá? Entonces mi mamá lloró un poquito. *¿Qué haces?*, la interrogué furioso, *¿por qué lloras, por qué lo acaricias?* Mi mamá acabó de acariciarle la mano. *Compórtate*, me dijo. Y luego lo repitió, clavándome su mirada vidriosa: *Compórtate*.

11

En 1982 hubo una alineación de planetas. *El Provincia* tituló su primera plana: Hoy El Fin del Mundo. Una de las señales del Apocalipsis era que le hubieran puesto la H a Hoy, que siempre se les olvidaba.

Abel se puso a anunciar el Apocalipsis casa por casa y a las once de la mañana ya había vendido todos los ejemplares. Al día siguiente, todo el mundo se despertó para ordeñar a sus vacas, barrer la banqueta, ir a la escuela y tender la ropa, y el mundo no se había acabado. La gente se dedicó a perseguir a Abel para que les devolviera el dinero.

12

El dueño del puesto del mercado le prometió a mi mamá que le haría un descuento si le compraba otras cincuenta naranjas a la semana, pero mi papá dijo que saldría más barato ponerle a la puerta de la casa una cadena por dentro, para controlar la entrada. Mi hermano le pegó la cabeza a Baltazar con Kola Loka, pero en un ángulo extraño, y quedó como la niña de *El Exorcista*. Mi hermanito pequeño sangró del paladar por dos días y no podía pronunciar las eles. En la escuela le apodaron Lalo, y luego Lelo, y al final Lola. Los organizadores de las peleas por fin consiguieron un boxeador capaz de perder con Pipino Cuevas. La selección de futbol no clasificó para el Mundial de España y de pronto todo el mundo decía que mi papá tenía razón, que eran unos ratones verdes. Mis primos llevaron liendres a la capital del país, donde los piojos del pueblo establecieron una colonia.

SEMBLANZAS

Vicente Alfonso. Proveniente de una familia de mineros, fue educado en un colegio jesuita, donde estudió trece años. Además de *Huesos de San Lorenzo* (Premio Internacional de Novela Sor Juana Inés de la Cruz 2014) es autor de *Partitura para mujer muerta* (Premio Nacional de Novela Policiaca), *Contar las noches* (Premio Nacional de Cuento María Luisa Puga) y *El síndrome de Esquilo*. Ha sido becario de la Fundación para las Letras Mexicanas en dos períodos, del Fondo para la Cultura y las Artes de Coahuila en tres ocasiones, y del programa para residencias en el extranjero del Fondo Nacional para la Cultura y las Artes.

M.B. Brozon. Nació en la Ciudad de México. Es narradora y guionista de cine y radio. Obtuvo la licenciatura en Comunicación en la UIA, un diplomado en Dirección Artística en Cine y otro en Creación Literaria en la Escuela de Escritores de la Sogem. En la actualidad cuenta con más de veinticinco libros publicados para niños y adolescentes. Ha publicado *Historia sobre un corazón roto... y tal vez un par de colmillos, Memorias de un amigo casi verdadero, El vértigo* y *Bolita*, entre otros. Ha recibido varios premios, tales como el "Barco de Vapor" en 1995 y 2001, "A la Orilla del Viento" en 1997, el Premio Bellas Artes de Cuento Infantil "Juan de la Cabada" en 2007 y el Premio Gran Angular en 2008.

Iris García Cuevas. Nació en Acapulco, en 1977. Es periodista, narradora y dramaturga. Publicó el libro de cuentos *Ojos que no ven, corazón desierto* (Fondo Editorial Tierra Adentro, 2009). Obtuvo el Premio de Novela Ignacio Manuel Altamirano y fue finalista del Premio de Dramaturgia Gerardo Mancebo del Castillo. Con su novela *36 toneladas* fue finalista del Premio Silverio Cañada a la mejor novela negra publicada en castellano en 2011 dentro de la edición XXV de la Semana Negra de Gijón.

Rogelio Guedea. Es licenciado en Derecho por la Universidad de Colima, maestro en Gobernanza, Marketing Político y Comunicación Estratégica por la Universidad Rey Juan Carlos (España) y doctor en Letras Hispánicas por la Universidad de Córdoba (España), con un post-doc en Literatura Latinoamericana por la Texas A&M University (USA). Fue becario del Fondo para la Cultura y las Artes en tres ocasiones. Ha publicado *Conducir un tráiler*, *41*, *Cruce de vías* y *La mala jugada*, entre otros.

Susana Iglesias. Nació en el Centro Histórico, que sigue siendo su barrio. Fue merecedora del Premio Aura Estrada en 2009, lo que le permitió realizar tres residencias en las colonias de escritores Ucross (Wyoming), Ledig House (Nueva York) y Santa Maddalena (La Toscana). Asimismo fue becaria del Programa Jóvenes Creadores del FONCA en el periodo 2011-2012.

Jaime Mesa. Nació en 1977 en Puebla. Ha publicado *Rabia*, *Los predilectos*, *Las bestias negras* y *La mujer inexistente*. Impartió el módulo de Novela del Diplomado de Creación Literaria del INBA. Actualmente da clases de escritura narrativa en la Licenciatura de Cine de la BUAP

Antonio Ramos Revillas. Es egresado de la carrera de Letras Españolas de la UANL. Sus relatos y cuentos han obtenido el premio de Literatura Joven Universitaria, el Premio Nuevo León de Literatura, el Premio Nacional de Cuento Joven Julio Torri, el Premio Nacional de Cuento Salvador Gallardo Dávalos, el Premio Regional Juan B. Tijerina y el Mano de Obra, así como las becas del FONCA y del Centro de Escritores de Nuevo León, del Centro Mexicano de Escritores, del FONCA y de la Fundación para las Letras Mexicanas. Algunos de sus libros son: *El cantante de muertos*, *Dejaré esta calle*, *Los novios de mamá* y *Puppy Love*.

Daniela Tarazona. Nació en la Ciudad de México en 1975. Es narradora y ensayista. Estudió la licenciatura en literatura latinoamericana en la Universidad Iberoamericana. En el periodo 1999-2001 fue becaria de la AECID y en el periodo 2006-2007 fue beneficiaria del programa Jóvenes Creadores del FONCA en la categoría novela. Es autora de dos novelas: *El animal sobre la piedra* y *El beso de la liebre*, finalista del premio Las Américas (Puerto Rico) en 2013.

Nadia Villafuerte. Nació en Tuxtla Gutiérrez, Chiapas, en 1978. Narradora y articulista. Becaria del FONCA, en el programa Jóvenes Creadores 2003, y de la Fundación para las Letras Mexicanas 2006. Es autora de los libros *¿Te gusta el látex, cielo?*, *Barcos en Houston* y *Por el lado salvaje*.

Juan Pablo Villalobos. Nació en Guadalajara, Jalisco, en 1973, y creció en Lagos de Moreno, Jalisco. Es licenciado en Lengua y Literatura Hispánicas por la Universidad Veracruzana. (También se licenció en Administración y Mercadotecnia, actividad que abandonó para dedicarse a la literatura.) Fue becario del Instituto de Investigaciones Lingüístico-Literarias de la Universidad Veracruzana. Obtuvo el Diploma en Estudios Avanzados (DEA) del doctorado en Teoría Literaria y Literatura Comparada de la Universidad Autónoma de Barcelona. Es autor de las novelas *Fiesta en la madriguera*, *Si viviéramos en un lugar normal*, *No estilo de Jalisco* (escrita en portugués y publicada únicamente en Brasil con motivo del Mundial de futbol), *Te vendo un perro* y *No voy a pedirle a nadie que me crea* (Premio Herralde de Novela 2016).

con un tiraje de 2,000 ejemplares,
se imprimió en octubre de 2017, en
Corporación de Servicios Gráficos Rojo, S.A. de C.V.
Progreso 10, Col. Centro, C.P. 56530
Ixtapaluca, Estado de México.

www.ingramcontent.com/pod-product-compliance
Lightning Source LLC
Chambersburg PA
CBHW051513260626
47162CB00008B/2943